Le scandale de minuit

KATE HEWITT

Le scandale de minuit

Traduction française de
ANNE DE RIVIÈRE-DUGUET

AZUR

HARLEQUIN

Collection : Azur

Titre original :
A SCANDAL MADE AT MIDNIGHT

HARPERCOLLINS FRANCE
83-85, boulevard Vincent-Auriol, 75646 PARIS CEDEX 13
Service Lectrices — Tél. : 01 45 82 47 47 - www.harlequin.fr
ISBN 978-2-2804-8749-8 — ISSN 0993-4448

Composé et édité par HarperCollins France.
Imprimé en avril 2023 par CPI Black Print (Barcelone)
en utilisant 100% d'électricité renouvelable.
Dépôt légal : mai 2023.

MIXTE
Papier issu de sources responsables
FSC® C159065
FSC www.fsc.org

Pour limiter l'empreinte environnementale de ses livres, HarperCollins France s'engage à n'utiliser que du papier fabriqué à partir de bois provenant de forêts gérées durablement et de manière responsable.

1.

— Ne sont-elles pas incroyables ?

Liane Blanchard eut un petit rire en voyant Ella tournoyer sur elle-même, boucles blondes au vent, dans le salon dont les fenêtres ouvertes donnaient sur Central Park.

— Oh si, vraiment !

Avec ses talons compensés de plus de douze centimètres, les chaussures en vair incrustées de diamants étaient en effet spectaculaires. Elles paraissaient également inconfortables, mais Ella se moquait de ce genre de détail.

— Tu comptes les mettre pour le bal ? demanda Liane.

— Bien sûr. J'ai un plan…

Avec un clin d'œil, Ella ôta les escarpins, puis les glissa dans la boîte argentée provenant d'un des meilleurs créateurs de mode de Manhattan. La jeune influenceuse recevait souvent des échantillons de la part de stylistes ambitieux, désireux de se faire une place au soleil, tout comme elle.

— Tu verrais ma robe… Elle va *parfaitement* avec les chaussures.

— Elle n'est pas en vair, j'espère ? la taquina Liane.

— Non, mais elle est magnifique ! Ne t'inquiète pas, ajouta-t-elle en repoussant de la main sa longue chevelure blonde, elle n'est pas *trop* transparente.

Elle gloussa, et Liane sourit en secouant la tête. Ella avait vingt-deux ans, était superbe et aussi heureuse et insouciante qu'une alouette. Âgée de vingt-sept ans, calme et pondérée,

Liane pensait parfois être la seule capable d'empêcher sa demi-sœur de courir à la catastrophe. Encore et toujours.

— Quelle ridicule paire de chaussures !

Debout sur le seuil du salon, Amélie Ash, une grande femme aux cheveux gris et aux traits sévères, détaillait les chaussures qu'Ella venait de ranger dans la boîte.

— C'est vrai qu'elles sont ridicules, reconnut Ella d'un ton enjoué en refermant le couvercle. Mais c'est le but recherché.

Liane avait toujours admiré la façon dont Ella refusait de se laisser démonter par sa belle-mère. Leurs familles s'étaient unies lorsque Ella avait six ans – une petite fille angélique aux joues roses et aux boucles dorées. Amélie, mère de deux préadolescentes, l'avait détestée d'emblée. Le fait que son nouveau mari, Robert Ash, ait prodigué toute son attention et inondé de cadeaux son enfant unique – la mère d'Ella était morte peu après sa naissance – n'avait pas arrangé les choses. Malgré tout, Ella n'avait pas été *gâtée*. En tout cas, pas trop. Elle était simplement débordante de vie et adorait s'amuser – le contraire à tout point de vue de sa belle-mère et de Liane.

— Et où diable vas-tu les porter ? s'enquit Amélie.

— Au bal, bien sûr !

Liane se raidit instinctivement en voyant le visage de sa mère se fermer. Elle connaissait bien cette expression et l'avait souvent vue au fil des ans. Liane avait pourtant fait de son mieux pour atténuer la déception de sa mère envers la vie et ses filles, et s'était efforcée de lui faire plaisir… en vain, la plupart du temps.

— Le bal ? répéta Amélie d'une voix glaciale. Mais ma chère Ella, tu n'es pas invitée au bal !

L'espace d'un instant, l'expression enjouée d'Ella se troubla et ses grands yeux bleus s'écarquillèrent, tandis qu'elle lançait à Liane un regard incertain, interrogateur.

— Non, mais elle est mon invitée, intervint Liane. J'ai

vérifié avec l'assistante qui gère les invitations, et on peut venir accompagné.

Elle n'aurait jamais pu aller au bal, sachant Ella seule à la maison. Elle avait même proposé de lui donner son invitation, mais sa sœur avait insisté pour qu'elles y aillent ensemble.

Sa mère fit la moue. Elle aurait préféré qu'Ella n'assiste pas au bal – qualifié comme *l'événement* de la saison – organisé par le célèbre magnat de l'hôtellerie, Alessandro Rossi, pour célébrer le centenaire de l'entreprise familiale. Seule y était invitée l'élite new-yorkaise, et sa famille n'en faisait pas partie, même si le père de Liane, Michel Blanchard, un diplomate mineur, avait été une vague connaissance du père d'Alessandro Rossi, Leonardo, il y a fort longtemps. Contrairement à sa mère, Liane avait été très surprise lorsque le carton d'invitation sur papier crème épais avait été glissé dans leur boîte aux lettres.

— Bien sûr que nous sommes invitées ! avait-elle lancé. Ton père était un ami de Leonardo Rossi. Il lui a prêté de l'argent quand il en avait besoin.

Cent dollars dans un casino, il y a trente ans, n'étaient pas vraiment l'exploit que sa mère évoquait. Mais Liane n'avait rien dit, bien entendu. Elle avait appris il y a longtemps à tenir sa langue au lieu de jeter de l'huile sur le feu.

Quoi qu'il en soit, elle avait hâte de se rendre au bal, même si elle était un peu nerveuse. Professeure de français dans une école de filles dans l'Upper East Side de Manhattan, elle avait délibérément choisi de vivre une vie tranquille auprès de sa mère et de ses sœurs, plutôt que de passer sous les feux des projecteurs comme le faisait si souvent Ella, en quête de célébrité et de fortune. Liane ne voulait rien de tout cela, les pertes qu'elle avait subies dans sa jeunesse lui ayant appris à rester dans l'ombre. Assister à un bal serait un changement agréable, même si elle savait qu'elle resterait sans doute un peu à l'écart, comme toujours.

— Je doute que tu aies une tenue appropriée à te mettre, commenta Amélie d'un ton condescendant.

Ella avait beau posséder la maison que son père lui avait léguée sous réserve que sa belle-mère et ses sœurs puissent y vivre pour le restant de leurs jours, elle n'avait pas un sou et dépendait de la générosité de sa belle-mère.

— Oh ! mais si ! rétorqua Ella d'une voix douce. Une amie styliste m'a confectionné une robe fantastique. Ne t'inquiète pas, belle-maman. Je promets de ne pas te faire honte.

C'était bien le cadet de ses soucis, devina Liane. Non, sa mère était beaucoup plus inquiète de voir la ravissante Ella éclipser ses filles… ce qu'elle ferait bien sûr, sans même s'en rendre compte. Liane en avait l'habitude, et Manon s'en moquait un peu, mais cela contrariait beaucoup sa mère. Elle voulait que ses filles épousent des hommes fortunés et bien introduits, le genre d'hommes qui seraient invités au bal des Rossi. Mais pour sa part, Liane n'y croyait guère. En vérité, elle serait mal à l'aise avec un homme de cette trempe, contrairement à Ella.

— Tu en as de la chance, déclara Amélie froidement. Liane ? La couturière a-t-elle livré ta robe ?

— Oui, je l'ai récupérée ce matin.

Liane se força à sourire, même si elle redoutait de devoir porter cette vieille relique bleue qui avait appartenu à sa mère.

— Juste à temps pour le bal de demain soir, conclut sa mère, avant de quitter la pièce.

Liane adressa un sourire de sympathie à Ella.

— Ne fais pas attention à elle.

— Ne t'inquiète pas pour ça ! répondit Ella d'un ton enjoué. Mais tu ne m'as pas encore montré ta robe. Allons voir ça !

— Elle n'a rien d'extraordinaire, s'empressa de dire Liane, sachant qu'il s'agissait là d'un euphémisme.

— Allons, Liane ! Je suis sûre qu'elle est magnifique. Tu veux bien me la montrer ?

— Très bien, répondit Liane, incapable de résister aux yeux doux de sa sœur. Mais elle n'a vraiment rien de spécial.

Poussant un soupir, elle monta l'escalier, suivie par Ella. Sa chambre se trouvait au premier étage, et ses fenêtres à guillotine ouvraient sur un petit jardin derrière lequel Central Park était visible au loin. Sa mère avait alloué à Ella la petite chambre sous les combles, mais sa sœur avait toujours décrété qu'elle s'en moquait.

— J'ai davantage d'intimité ainsi, avait-elle dit à Liane quand elle avait proposé d'échanger. Et tu sais à quel point je suis noctambule. Je ne voudrais surtout pas vous déranger.

Liane s'était malgré tout sentie coupable. Ella avait été lésée de bien des façons depuis le décès de son père il y a trois ans, mais elle n'avait jamais fait d'histoires.

— Montre-moi cette robe, intima Ella, tandis que Liane tendait la main vers la housse en plastique. J'espère qu'elle est sensationnelle.

— Elle est loin d'être aussi somptueuse que la tienne.

En effet, la mère de Liane espérait peut-être que Manon et elle attireraient l'attention d'un homme comme Alessandro Rossi, mais leur budget limité n'incluait pas les robes de bal.

La tenue avait appartenu à sa mère, et une couturière l'avait remise au goût du jour. Amélie affirmait qu'elle était toujours à la mode, mais Liane en doutait. Et Ella aussi, manifestement.

— Heureusement que tu t'es débarrassée des volants, sinon elle aurait été vraiment démodée, dit-elle en examinant la robe d'un œil critique.

— Je sais, concéda Liane avec un soupir.

Elle avait l'habitude de passer inaperçue, mais porter une robe vieille de quarante ans était un peu extrême, tout de même !

— Cela ne me dérange pas vraiment. Je n'aime pas

trop les soirées, comme tu sais, Ella. Et personne ne fera attention à moi, de toute façon.

— Il s'agit tout de même *du* bal de l'année. Tu ne peux pas porter une robe que tu pourrais avoir achetée dans une friperie.

— Aïe, s'écria Liane, faisant semblant de grimacer.

Il y avait beaucoup de vrai dans les propos de sa sœur. Malgré les efforts de la couturière, la robe béait au niveau de sa poitrine et de ses hanches, et le tissu brillait comme du satin bon marché. Mais quelle importance ? Comme elle l'avait dit, et Ella avait silencieusement approuvé, personne ne la remarquerait. Ils n'auraient d'yeux que pour Ella, ce qui l'arrangeait bien.

— Tu ne peux pas porter ça, argua Ella en sortant son portable de sa poche. Pas à ce bal. C'est peut-être parfait pour Manon qui se moque complètement de son apparence, mais…

— Elle s'habillera en noir, comme d'habitude.

Manon adorait son travail d'adjointe administrative auprès d'un cabinet juridique, et se moquait éperdument de la mode et de trouver un mari. Elle se rendait au bal uniquement sur l'insistance de sa mère et, comme elles le savaient toutes les deux, mieux valait lui obéir que de chercher à lui résister, rester silencieuse que de protester contre son incessant flot de critiques, parce que ses filles la décevaient autant que ses maris l'avaient déçue.

— Bien entendu. Laisse-moi envoyer un texto à mon amie styliste. Elle travaillait, il me semble, sur une autre robe qui t'irait à ravir. Elle est violette, comme tes yeux.

— Oh ! je ne sais pas, protesta Liane, ne voulant pas qu'Ella se donne autant de mal.

— Elle serait parfaite pour toi…

— Je ne porterai pas quelque chose de transparent.

— Bien sûr que non, répondit Ella en riant, tandis qu'elle

pianotait sur son portable. La robe transparente est pour moi. Fais-moi confiance, Liane, tu seras la coqueluche du bal !

— Cela m'étonnerait. Cette place t'est réservée.

Au grand courroux d'Amélie, Ella occupait naturellement le devant de la scène, et ce, depuis toujours. Liane savait que sa mère aurait aimé que Manon et elle soient plus comme Ella, pétillantes, sociables et charismatiques, même si elle dédaignait et même méprisait sa belle-fille pour ces raisons-là. Quant à elle ? Elle se contenterait de rester discrètement sur la touche et d'observer Ella conquérir le monde. Cela étant, elle était suffisamment féminine pour apprécier de porter une jolie robe.

La fête battait son plein lorsque Alessandro Rossi sortit de l'ascenseur au dernier étage de l'hôtel Rossi, le fleuron de l'empire familial, situé dans le centre de Manhattan. De la porte de la salle de bal, il entendit les éclats de rire, le tintement du cristal et les accords de l'orchestre. Ce soir, les femmes arboraient leurs plus beaux bijoux. Le bal des Rossi, le premier dans son genre, était considéré comme l'événement de l'année. C'était également un enjeu important, en termes d'image et de publicité.

Il balaya du regard la pièce bondée, avant d'avancer d'un pas… et se raidit en entendant un cri étranglé.

— Je suis désolée, dit une femme d'une voix douce avec un léger accent français. Je ne voulais pas me trouver sur votre chemin. Veuillez m'excuser.

C'était plutôt à lui de s'excuser, car c'était *lui* qui lui avait marché sur le pied, songea Alessandro. Les yeux plissés, il baissa le regard sur la jeune femme qui lui arrivait à peine à l'épaule. Ses cheveux blonds noués sur le haut de sa tête et une silhouette svelte enserrée dans une robe violette, elle se tenait derrière un palmier en pot, raison pour laquelle il ne l'avait pas vue. Réprimant une grimace, elle leva la tête pour poser sur lui des yeux de la même couleur que sa robe. Elle sautait sur un pied, remarqua-t-il.

— Je m'excuse. J'espère que je ne vous ai pas brisé les orteils ? dit-il d'un ton légèrement ironique.

— Seulement le petit orteil. Je peux certes vivre sans, mais je risque de boiter, désormais.

Elle lui adressa un sourire qui lui fit étrangement penser à une pendule à coucou, apparaissant puis disparaissant aussitôt, le faisant sourire à son tour.

— Je croyais que vous étiez sérieuse.

— Mais je le suis ! protesta-t-elle avec un sourire fugace, ravivant en lui un sentiment qu'il n'avait pas éprouvé depuis longtemps. Mais ne vous inquiétez pas, je survivrai. Je suis punie pour mon orgueil. Je n'aurais jamais dû laisser ma sœur me convaincre de mettre ces chaussures ridicules.

Alessandro eut un petit sourire.

— La plupart des femmes portent des chaussures ridicules.

— Quelle généralisation insultante !

Elle ne riait pas, mais elle en mourait d'envie, et il se retint de rire aussi. *Étrange.* Il n'était pourtant pas du genre frivole.

— Je suis l'heureuse propriétaire de plusieurs paires de chaussures confortables, je vous assure. Et aucune d'elles n'est ridicule.

— Sauf celles-ci.

— Elles appartiennent à ma sœur.

Là-dessus, elle se pencha pour soulever le bord de sa robe et lui montrer les chaussures en question. Des escarpins teints en violet, en harmonie avec la robe.

— Vraiment ridicules, conclut-elle avec un sourire qui cette fois-ci atteignit ses yeux.

Alessandro avait vu des chaussures bien plus ridicules dans sa vie, mais il décida de ne rien dire. Il avait beau être charmé par cette femme vive et drôle et aurait aimé prolonger cette conversation, il devait commencer la fastidieuse et déplaisante tâche d'accueillir ses invités et de se prêter à l'incontournable séance photo avant d'effectuer une retraite stratégique. Se concentrer comme toujours sur la mission à accomplir. Pas de distractions, ni de tentations. Absolument rien ne devait le détourner de son but.

— Mais très jolies, en tout cas, dit-il d'un ton plus froid.

Il ressentit un inexplicable sentiment de perte en voyant son visage se refermer. Elle laissa retomber sa robe, dont l'ourlet frôlait désormais le sol.

— Merci. J'ai abusé de votre temps et je m'en excuse.

Sans le laisser répondre, elle fit un pas en arrière, puis un autre, et fut happée par la foule en quelques secondes. Une femme à la fois étrange et *séduisante*, se dit Alessandro, avec sa peau diaphane et ses cheveux pâles. Ses yeux extraordinaires brillaient comme des améthystes…

Il se ressaisit et reporta son attention sur la salle de bal. Il devait cesser de penser à cette femme qui ne servirait en rien sa cause. La seule raison de sa présence ici était de générer de la publicité pour l'entreprise Rossi – une perspective qui le remplissait à la fois de détermination et de colère.

Il ne s'était pas rendu compte, en prenant la direction de l'empire familial à la suite de son père, à quel point le volet hôtellerie de l'entreprise était en perte de vitesse. Il avait été affecté à Rome ces dix dernières années pour superviser les investissements et les biens du groupe en Europe. Pendant qu'Alessandro consolidait l'activité financière de l'empire, son père, sûrement trop occupé avec sa dernière conquête, avait laissé se détériorer le fleuron de leur hôtellerie en Amérique. C'était ce genre de coup médiatique qui pouvait sauver l'hôtel, selon la consultante dont Alessandro avait loué les services.

« L'enseigne Rossi est vieillotte », lui avait-elle dit il y a quelques mois lorsque Alessandro était venu à New York et avait noté que l'hôtel était à moitié vide. « Les gens veulent descendre dans des hôtels sexy et branchés. »

« L'entreprise a plus de cent ans », avait rétorqué sèchement Alessandro. « Nous ne serons jamais jeunes et branchés. »

« C'est pourquoi il est temps de réinventer le concept. »

Au départ, il avait été farouchement contre l'idée. Les hôtels Rossi étaient les meilleurs du monde – la quintessence de la classe, de l'élégance et du luxe. Ils n'avaient pas besoin d'être réinventés, et poursuivre un phénomène de mode éphémère était bien la dernière chose qu'il voulait faire. La réputation des hôtels Rossi était fondée sur la stabilité et la fiabilité. Le monde qui les entourait pouvait changer, leur élégance intemporelle et leur prestige demeureraient.

Et pourtant, quelque chose devait changer. En effet, les chambres étaient vides et les clients pour la plupart octogénaires. La consultante avait peut-être raison, avait-il admis à contrecœur. Il pouvait retourner la situation, comme il l'avait fait avec leurs investissements, mais cela nécessiterait sans doute une autre approche.

Il voulait conserver le charme intemporel et luxueux des hôtels – une oasis de paix dans des villes trépidantes. En revanche, il devait modifier la façon dont ceux-ci étaient perçus. D'où ce bal, et les autres qui auraient lieu au cours des prochaines semaines dans les différents hôtels Rossi du monde. Il serait bien entendu présent à chacun d'eux, montrant qu'il pouvait être *un bon vivant*, ce qui était une vaste plaisanterie. Il n'était pas du tout un bon vivant et ne voulait pas l'être. Les bons vivants étaient des fainéants et des charmeurs inutiles, le genre de personnes qui profitaient du travail des autres, vivaient des relations amoureuses éphémères parce qu'ils se laissaient guider par leurs sens. Des personnes comme son père. Ce n'était pas du tout ce qu'il avait choisi d'être, et ce soir il le montrerait au monde entier…

Il évolua parmi les invités, souriant aux uns et aux

autres, s'arrêtant quelques instants pour bavarder avec ceux qui lui adressaient la parole. Quelques paparazzis étaient présents et prenaient des clichés pour les magazines à potins. Alessandro veilla à poser quand c'était nécessaire, son sourire détendu cachant la tension qui l'habitait.

Il détestait les soirées depuis qu'il avait trois ans et que ses parents l'avaient fait parader devant eux pour faire croire aux gens que leur mariage n'était pas le désastre que tout le monde savait qu'il était. Rien que d'y penser faisait naître en lui un frisson glacé. Leur ridicule stratagème n'avait jamais fonctionné, mais ils avaient recommencé encore et toujours, lui donnant une aversion pour les fêtes… et pour le mariage.

Il but une gorgée de champagne et jeta un regard discret à sa montre. Combien de temps allait-il devoir encore rester ?

« Ce dont vous avez vraiment besoin est d'un représentant commercial pour l'hôtel – une personne jeune, pétillante et pleine de vie qui viendrait à toutes vos soirées », avait dit la consultante avec un petit sourire espiègle.

Alessandro l'avait fixée en silence. Insinuait-elle qu'elle serait qualifiée pour le poste ? Il n'était cependant pas prêt à embaucher une starlette qui se répandrait en compliments sur l'hôtel, quoi qu'en dise cette femme bien intentionnée.

« Je ne vois pas qui pourrait tenir ce rôle », avait-il objecté. « Je me contenterai pour l'instant de quelques photos publicitaires. »

Combien en avaient-ils pris désormais ? Huit ? Neuf ? C'était sûrement assez, non ? Il regarda à nouveau sa montre. Il n'était là que depuis quinze minutes. Incroyable. Il se sentait déjà épuisé par l'attention, les bavardages, et surtout les *souvenirs*.

« Voici notre adorable petit garçon. Viens ici, Alessandro, et montre à tout le monde combien tu nous aimes. »

Peu importe le nombre de câlins et de sourires qu'il faisait, ce n'était jamais assez. Sa mère buvait jusqu'à l'oubli, et son père entamait une nouvelle liaison. Ils se disputaient en sa présence, puis se servaient de lui pour faire croire qu'ils formaient un couple uni et harmonieux. Plus jamais il ne laisserait personne se servir de lui ! s'était-il toujours juré dès le plus jeune âge.

Réprimant sa colère, il jeta un coup d'œil autour de lui. Il cherchait la femme aux yeux violets, réalisa-t-il soudain. Comme il secouait la tête pour s'éclaircir les idées, il vit une jeune femme, au milieu de la pièce, entourée d'une cour de fidèles… et se demanda comment il avait fait pour la manquer.

Elle était ravissante avec ses longs cheveux blonds, sa silhouette à la fois mince et tout en rondeurs enveloppée dans un tissu chatoyant qui la faisait ressembler à une sirène. Mais au-delà de son physique indéniablement attirant, elle dégageait quelque chose qui captait le regard. Il fit un pas vers elle, puis un autre. Elle était entourée d'admirateurs. Les hommes détaillaient plus ou moins discrètement sa silhouette, et les femmes étaient ravies de profiter de son aura.

Elle rejeta ses cheveux par-dessus son épaule, et son regard bleu azur se posa sur lui, le faisant hésiter. Puis elle battit des cils, mais d'une façon grotesque, comme si elle se moquait d'elle-même… ou de lui. Il continua d'avancer.

Du coin de l'œil, il vit un éclair violet et une silhouette svelte glisser le long du mur. Il hésita, faillit se retourner, poussé par l'envie de trouver *cette* femme si différente des autres et de la voir à nouveau sourire. Puis il reporta son attention sur la princesse qui paradait au milieu de la salle de bal. Il devait se concentrer, comme il le faisait toujours ! Il ne se laisserait pas guider par l'émotion, car c'était la pire chose à faire en pareilles circonstances.

2.

Liane regarda Alessandro Rossi se diriger vers sa sœur d'un pas vif, comme s'il avait une mission à accomplir. Il n'était pas le premier à être subjugué par Ella, et elle réprima le petit pincement de jalousie qu'elle ne put s'empêcher de ressentir en le voyant s'arrêter devant sa sœur et lui sourire.

Abritée derrière la plante en pot, elle put l'étudier à loisir et admirer sa haute stature de près d'un mètre quatre-vingt-dix. Liane mesurait à peine un mètre cinquante et, lorsqu'elle s'était tenue près de lui, elle s'était sentie petite, mais agréablement. Lorsqu'il avait posé les yeux sur elle, une douce chaleur l'avait envahie, un peu comme si elle avait été *happée* par le soleil. C'était bien entendu stupide de penser ça. Il avait sans doute été amusé par elle, peut-être même agacé. En tout cas, il l'avait rapidement oubliée.

« Tu dois te mettre plus en valeur, Liane. Tu es si pâle et effacée qu'on ne te voit pas », avait souvent dit sa mère.

Liane avait obéi une fois à ses injonctions. Elle s'était maquillée, avait mis une jolie robe, un collier et des boucles d'oreilles, et noué ses cheveux en chignon. Elle s'était sentie à la fois timide et pleine d'espoir en franchissant les portes de l'école. Le résultat avait été désastreux… ou du moins humiliant. Les élèves avaient ricané en échangeant des regards lourds de sous-entendus et lui avaient demandé si elle avait un rendez-vous galant. Mais le pire avait été l'attitude de ses collègues. Liane les avait entendus parler d'elle dans la salle des professeurs alors qu'elle se tenait discrètement dans un coin et corrigeait des devoirs. Ils ne l'avaient même pas vue !

Liane s'était renfoncée dans son fauteuil. Après le départ de ses collègues, elle était allée dans les toilettes pour retirer son maquillage. Le lendemain, elle était revenue à l'école dans sa tenue habituelle – une jupe et un chemisier –, ses cheveux attachés en queue-de-cheval. La réceptionniste lui avait jeté un regard de pitié lorsque Liane était passée devant elle, tête haute, déterminée à ne plus jamais se faire remarquer. Il y avait une raison pour laquelle certaines personnes brillaient et rayonnaient naturellement, et d'autres pas. De plus, ceux qui ne tentaient rien n'étaient pas blessés, et on était bien plus en sécurité dans la pénombre que sous les projecteurs.

À propos de projecteurs… Liane reporta son attention sur Alessandro Rossi et sa sœur. Ils étaient comme Vénus et Apollon, ou plutôt comme Vénus et Arès, car il y avait quelque chose de guerrier dans le profil d'Alessandro. Sa mâchoire était volontaire, et ses hautes pommettes lui conféraient une distinction aristocratique. Ella, quant à elle, était tout en rondeurs et tranchait avec les traits ciselés d'Alessandro. Malgré tout, ils semblaient faits l'un pour l'autre, comme en témoignaient l'engouement des invités et les nombreuses photos prises par les paparazzis, tandis que l'orchestre jouait une autre mélodie et qu'Alessandro prenait Ella dans ses bras.

Pas question d'être jalouse, se fustigea Liane. Ce serait non seulement absurde, mais déshonorant. Le fait que son cœur s'emballe lorsqu'elle pensait à lui ne voulait rien dire du tout, à part peut-être qu'elle était totalement inexpérimentée dans le domaine de la séduction, ce qu'elle savait très bien.

— Ella est au centre de l'attention, comme d'habitude, observa aigrement Manon en s'arrêtant près d'elle. Comment fait-elle ?

— Elle est jolie, drôle et gentille. Pourquoi ne le serait-elle pas ? répondit Liane, tandis que sa sœur suivait des yeux Ella et Alessandro. Ne sois pas jalouse. Malgré son succès, elle s'est toujours montrée gentille avec nous.

— Je ne suis pas *jalouse*, riposta Manon. Je m'ennuie, c'est tout. Je ne voulais pas venir à ce satané bal, et maman me présente à tous les hommes de moins de soixante ans. C'est humiliant. Pourquoi veut-elle tant nous voir mariées ? On se croirait encore au XVIIIe siècle.

— Elle veut que nous ne manquions de rien, et c'est le seul moyen qu'elle connaisse.

Malgré la sévérité de sa mère et ses incessantes critiques, Liane ne pouvait s'empêcher de ressentir une bouffée de sympathie pour elle. Elle avait eu deux maris, morts tous les deux en la laissant quasiment sans le sou. Elle réussissait malgré tout à donner le change grâce à de judicieux mais petits placements, et le fait qu'Ella ait hérité de la maison avait été difficile à accepter pour elle. Elle voulait bien entendu que ses filles ne manquent de rien et, comme elle le leur avait souvent fait remarquer, travailler comme enseignante ou secrétaire n'était pas assez pour les protéger d'un avenir incertain.

— Pourquoi restez-vous dans un coin ?

Liane se raidit en voyant sa mère approcher, vêtue de noir, comme toujours.

— Le violet ne te va pas, dit-elle en jetant un regard critique sur sa robe. La robe bleue aurait été mieux.

Manon leva les yeux au ciel.

— Cette robe était affreuse, maman !

Amélie fit la grimace.

— Je suppose que c'est Ella qui t'a donné celle-ci ?

— Prêtée, corrigea Liane, s'efforçant comme toujours de calmer la situation. Je mettrai la bleue la prochaine fois.

Il n'y aurait sans doute pas de prochaine fois. Après

tout, ce n'était pas comme si elle se rendait tous les jours à des bals.

Amélie fronça les sourcils en voyant Ella et Alessandro sur la piste de danse.

— Je vois qu'elle se donne encore en spectacle, dit-elle, avant d'enfoncer son doigt dans l'omoplate de Liane. Va leur dire quelque chose. Je t'ai vue parler à Rossi tout à l'heure. Tu as donc fait sa connaissance ?

— Seulement parce qu'il m'a marché sur le pied.

— Eh bien, va lui dire à nouveau bonjour, insista Amélie en la poussant vers la piste de danse.

— Maman…, protesta-t-elle, horrifiée, pendant que Manon étouffait un fou rire.

Amélie la poussa à nouveau, et Liane se retrouva seule en bordure de piste. Les gens la regardaient maintenant, se demandant ce qu'elle allait faire.

— Vas-y, Liane, l'encouragea sa mère d'une voix forte.

Mortifiée, Liane ferma les yeux. Pourquoi sa mère se montrait-elle si insistante ? Et pourquoi se laissait-elle faire ?

— Espérez-vous vous immiscer entre nous ?

Elle ouvrit les yeux et se retrouva face à Alessandro et Ella.

— Je…, balbutia-t-elle.

— Oui, va danser, Liane. J'aimerais m'asseoir un peu, dit Ella en la dévisageant avec sympathie.

Puis, le plus naturellement du monde, Ella lui prit la main et l'attira vers Alessandro.

L'instant d'après, elle se trouvait sur la piste de danse, et Ella avait disparu. Alessandro dansait avec elle par compassion, songea-t-elle. Quelle horreur ! Malgré tout, elle ne put s'empêcher d'être troublée par les effluves citronnés de son after-shave, sa poitrine musclée et sa main qui encerclait sa taille.

— Vous connaissez Ella ? s'enquit Alessandro en la

faisant tournoyer avec grâce et aisance, tandis qu'elle essayait tant bien que mal de le suivre.

— Oui, c'est ma sœur.

— C'est étonnant. Vous ne vous ressemblez pas du tout.

Elle rougit devant la critique implicite.

— Nous sommes demi-sœurs, en fait.

— Ah, je vois.

Son ton entendu l'agaça et la blessa à la fois. Pourquoi *tout le monde* la considérait-il comme inférieure ? Elle n'était pas jalouse d'Ella, mais elle était fatiguée de ne pas être appréciée pour elle-même – quelqu'un qui n'était pas attiré par les projecteurs. Qu'y avait-il de mal à cela ?

— Vous allez bien ensemble, dit-elle d'un ton légèrement aigre. Les deux coqueluches du bal.

— Vous trouvez ? rétorqua Alessandro d'un ton amusé. Alors pourquoi vous êtes-vous immiscée entre nous ?

Liane poussa un soupir. Elle n'allait pas admettre que sa mère l'avait poussée sur la piste de danse.

— J'essayais juste d'attirer l'attention d'Ella, improvisa-t-elle. Ma mère voulait lui parler.

— Pourquoi ne l'avez-vous pas dit, alors ?

— Je n'en ai pas eu l'occasion.

Pourquoi se montrait-il si… suffisant ?

— Ne me regardez pas ainsi. Je vous taquine, c'est tout.

Sa remarque prit Liane au dépourvu. Se moquait-il d'elle ? Secouant la tête, elle baissa les yeux.

— Vous êtes vraiment étonnante, dit Alessandro en la faisant tournoyer au son des derniers accords de la musique.

— Ah ! voici Ella qui vous attend ! lança Liane, pressée de reprendre sa liberté. Si vous voulez bien m'excuser…

Quand sa sœur les eut rejoints, elle détourna le regard et quitta la piste de danse.

Le reste de la soirée fut interminable. Alessandro dansa à nouveau avec Ella, puis resta à ses côtés, tandis qu'ils déambulaient dans la salle de bal, riant et bavardant avec les invités. Liane s'efforça de se tenir loin d'eux, ne voulant pas être une nouvelle fois sujette à ses remarques désobligeantes.

Ella tomberait-elle amoureuse d'Alessandro ? Ella adorait tomber amoureuse, quelque chose que Liane n'avait jamais été capable de comprendre.

« Ne t'inquiète pas, mon cœur ne peut pas se briser », lui avait-elle souvent dit. « Il est en caoutchouc et il rebondit toujours ! *J'aime* tomber amoureuse, Liane. C'est la meilleure sensation du monde. Tu devrais essayer. »

Liane souriait toujours et ne disait rien. Elle n'avait en effet aucune intention de faire quelque chose d'aussi imprudent, d'aussi dangereux. Le cœur était un bien précieux, et elle protégeait le sien, dans l'attente de l'homme de sa vie, s'il existait. Elle espérait que oui, mais elle en doutait parfois.

À vingt-sept ans, elle n'avait eu que quelques rendez-vous galants. Elle n'avait encore jamais rencontré personne avec qui elle voulait fonder une famille, pas plus qu'elle ne se laissait aller à croire au conte de fées dont elle rêvait souvent dans ses moments de solitude – un monde empli d'enfants et de chiens, d'amour et de rires, d'aisance et de convivialité. Le genre de foyer qu'elle avait connu et perdu après la mort de son père, il y a de nombreuses années. Le genre de vie qu'elle aurait adoré avoir…

Liane regarda à nouveau Alessandro et Ella, qui se tenaient très proches l'un de l'autre au milieu de la salle de bal. Il lui murmurait quelque chose à l'oreille, et elle souriait, de cette façon féline qu'elle avait si souvent répétée devant le miroir. Le cœur serré, elle détourna les yeux. Elle était heureuse pour sa sœur bien sûr, mais ce n'était pas pour autant qu'elle devait être témoin de la naissance de leur idylle.

Une brise légère souffla sur la terrasse, et Liane fendit la foule pour aller dehors, savourant la caresse de l'air sur son visage. La terrasse courait sur trois côtés de l'impressionnante salle de bal et offrait une vue panoramique sur la cité. Liane s'écarta des quelques couples en pleine conversation. Inutile qu'on lui rappelle son statut de célibataire !

Elle ne s'en était jamais vraiment souciée jusqu'à présent. Elle était heureuse dans son travail et satisfaite de son sort. *La plupart du temps*, même si elle aimait rêver.

Le regard tourné vers la ville, elle se surprit à penser à Alessandro, à la lueur moqueuse dans son regard et à la façon dont sa bouche s'était ourlée en un sourire narquois. Il était vraiment exaspérant et pourtant, malgré sa colère, elle s'était sentie *vivante* dans ses bras. Elle avait eu l'impression qu'en la regardant il la rendait *visible* aux yeux du monde…

Le lointain carillon d'une horloge tira Liane de sa rêverie. Était-il déjà minuit ? Il était temps de rentrer, alors. Elle devait d'abord trouver Ella, puis…

Elle retint son souffle en voyant une silhouette familière en contrebas, vêtue d'une robe en soie vaporeuse qui ondoyait derrière elle, tandis qu'elle descendait en courant les marches de l'hôtel. *Ella !* Pourquoi quittait-elle le bal avec une telle précipitation ? Que s'était-il passé ?

Le ventre noué, Liane regagna à la hâte la salle de bal pour retrouver sa sœur. Elle dut se frayer un chemin parmi la foule des invités et surprit des bribes de conversation.

— Qui est-elle ? En tout cas, elle a capté son attention…

— Le prince de Manhattan a trouvé sa princesse, alors ? Il paraissait pourtant si réservé…

— Mais elle vient de disparaître. Elle s'est enfuie comme si elle avait le diable aux trousses…

Liane atteignit enfin l'ascenseur et appuya sur le bouton. Elle chercha son portable dans son sac à main mais, lorsqu'elle composa le numéro d'Ella, il n'y eut pas de réponse. Sa sœur répondait rarement au téléphone, ce qui était absurde car elle passait un temps fou sur les réseaux sociaux.

Les portes de la cabine s'ouvrirent enfin, et Liane se rua à l'intérieur, comptant les vingt-quatre étages qui menaient à la magnifique entrée, tout en marbre, cristal et dorures. Elle était vide mais, lorsque Liane sortit sur le perron, elle s'arrêta soudain, haletante. Sa sœur était peut-être partie, mais Alessandro Rossi se tenait devant elle.

— Encore vous !

Alessandro étudia d'un regard appréciateur la demi-sœur d'Ella qui venait de s'arrêter devant lui, la poitrine haletante. Ses cheveux s'étaient dénoués et tombaient en vagues désordonnées sur ses épaules. Ses joues étaient empourprées, et ses yeux brillaient.

— Où est Ella ? demanda-t-elle d'une voix essoufflée.

— Aucune idée. Elle a laissé ceci, en revanche.

Il souleva l'escarpin de vair qu'il avait trouvé posé sur une marche tel un objet d'art, scintillant sous les réverbères.

Liane regarda la chaussure à haut talon, comme si elle la reconnaissait.

— Elle l'a *laissée* ?

— Oui. Elle était posée de façon assez artistique sur les marches, je dois dire. Une seule, bien sûr, comme dans le conte de fées. Est-ce une ruse délibérée ? Mais dans quel but ?

Les lèvres pincées, Liane hocha la tête. Alessandro fronça les sourcils. Il avait tout de suite ressenti le lien fort qui unissait Ella et sa demi-sœur.

— Savez-vous ce qui se passe ? s'enquit-il d'un ton sec.

— Que voulez-vous dire ?

— J'ai l'impression qu'il se passe quelque chose. Comme si tout cela avait été prémédité.

Et s'il y avait une chose qu'il détestait, c'était bien qu'on se serve de lui ! Il ne serait plus jamais ce petit garçon qui se rendait dans le salon pour embrasser son père et sa mère sous le regard des invités afin de donner le change. Plus jamais !

— Rien n'a été prémédité, assura Liane.

Mais elle semblait incertaine, prudente.

Alessandro ne savait pas pourquoi ni comment, mais cette histoire lui paraissait être un coup monté. Pourquoi Ella s'était-elle enfuie comme ça, sans un mot ? Elle avait fait une telle scène, quittant en courant la salle de bal, cheveux et robe au vent ! Que se passait-il ?

— Savez-vous où Ella est partie ?

— Non, assura Liane.

En voyant Liane pincer à nouveau les lèvres, Alessandro fut certain qu'elle cachait quelque chose. Cette situation était très étrange, et il avait bien l'intention de découvrir de quoi il retournait.

— En êtes-vous sûre ?

Elle hocha la tête. Rêvait-il ou voyait-il vraiment quelque chose de vulnérable dans sa façon de relever le menton d'un air déterminé ? Quoi qu'il en soit, il devait tirer cette absurde histoire au clair… et étouffer toute tentative de manipulation dans l'œuf.

— Pourquoi ne poursuivrions-nous pas cette conversation dans un endroit un peu plus privé ? suggéra-t-il froidement.

Une lueur de suspicion traversa son regard.

— Et où donc ?

— J'ai une suite privée dans l'hôtel.

— Votre suite privée ! s'écria-t-elle en se redressant, vibrante d'indignation.

Son ton offusqué et incrédule faillit le faire sourire. Quelle pruderie mal placée !

— Le personnel sera présent, et j'ai un bureau, assura-t-il, mais, si vous vous inquiétez pour votre vertu, nous pouvons très bien aller au bar de l'hôtel.

— Je ne suis pas sûre de pouvoir vous en dire plus, dit-elle, le feu aux joues. Mais comme je suis inquiète pour ma sœur, j'aimerais bien entendre votre version.

Elle comptait donc le prendre à partie ! Il eut à nouveau envie de sourire. Étrangement, il aimait bien son sens de $1a repartie.

— Très bien, dit-il en s'inclinant. Après vous.

La tête haute, elle passa devant lui et entra dans l'hôtel, tandis qu'il empochait l'escarpin.

Le bar de l'hôtel était tout de cuir et d'acajou, et la seule personne visible était le barman fatigué qui essuyait des verres derrière le comptoir. Il se redressa en les voyant entrer.

Alessandro guida Liane vers une petite table isolée.

— Je viens de me rendre compte que je ne connaissais pas votre nom, dit-il en s'asseyant, tandis que la jeune femme prenait place en face de lui, le dos raide.

— Liane Blanchard.

— Vous êtes française ?

Elle hocha la tête. Il avait raison à propos de son accent. Étrangement, cela lui fit plaisir.

— Que faites-vous donc à New York ?

— Je croyais que vous vouliez qu'on parle de ma sœur.

— Ceci est tout aussi important, je vous assure.

— Vraiment ?

Elle redressa le menton, et ses yeux violets étincelèrent. Elle avait beau être pâle et petite, elle avait du tempérament, même si elle ne s'en rendait peut-être pas compte.

— Peut-être est-ce à moi de poser des questions.

— Ah oui ? Et pourquoi ça ?

— Parce que ma sœur est partie en courant au milieu de la nuit, en détresse…

— Absolument pas, coupa Alessandro en se remémorant l'attitude étrange d'Ella. Nous étions en pleine discussion, et elle s'est soudain éclipsée sans aucune explication.

Liane le dévisagea d'un regard sceptique.

— Juste comme ça ?

— En fait, oui. Et elle a laissé ceci, ajouta-t-il en posant d'un geste délibéré l'escarpin sur la table. Voilà ce que j'appelle une chaussure ridicule !

Un sourire éclaira le visage de Liane, avant de disparaître. Malgré son instinctive méfiance, il lui rendit son sourire.

— Toutes les chaussures d'Ella sont ridicules, concéda-t-elle, mais celle-ci plus que les autres, c'est vrai.

Il ne put manquer d'entendre l'affection dans la voix de Liane. Les deux sœurs étaient manifestement proches, et pourtant très différentes.

Ella était brillante et vive, Liane plus calme et pondérée… mais il fallait se méfier de l'eau qui dort.

Le barman s'arrêta devant eux avec une bouteille de whisky et deux verres.

— Je ne bois pas de whisky, dit Liane après le départ du serveur.

Imperturbable, Alessandro versa une rasade de whisky dans les deux verres.

— Il y a toujours une première fois.

Elle croisa les bras et le fusilla du regard.

— Vous êtes assez… autoritaire, n'est-ce pas ?

— Je préfère me considérer comme accueillant.

Il lui tendit son verre, et après une hésitation elle le prit.

— Mais ne vous sentez pas obligée de le boire, si vous ne voulez pas. Cela paraissait impoli de ne pas vous offrir un verre alors que j'en prenais un moi-même.

Là-dessus, il avala son breuvage d'un trait, savourant la chaleur que lui procurait l'alcool.

Liane posa son verre, sans même le regarder.

— Je m'inquiète pour ma sœur, dit-elle d'un air de défi.

— Je vous l'ai dit : elle n'était pas du tout en détresse.

— Je sais ce que vous avez dit et en vérité je suis disposée à vous croire.

Les lèvres pincées, elle marqua une pause, et une petite ride apparut sur son front d'un blanc crémeux.

— Cela dit, Ella peut parfois être assez impétueuse. Et quitter le bal de cette façon…

Liane se mordit la lèvre.

— Bien sûr, murmura-t-elle.

Il avait donc raison, songea Alessandro. Il s'était *bel et bien* passé quelque chose, et Liane savait de quoi il s'agissait.

— Quoi ? Que savez-vous ? Qu'y a-t-il de si drôle ?

— Ce n'est pas vraiment drôle, mais c'est typique d'Ella.

Poussant un soupir, elle se détendit légèrement dans son fauteuil.

— Ella vous l'a peut-être dit, elle est influenceuse sur les réseaux sociaux, même si elle débute. Les chaussures en vair lui ont été données par une jeune styliste désireuse de se faire connaître, et elle a dû en laisser une délibérément. Au douzième coup de minuit, Cendrillon quitte le bal, etc. Elle doit être en train de construire une story inspirée du célèbre conte de fées…

Il fronça les sourcils, ne se sentant guère plus éclairé.

— Une story ?

Elle laissa à nouveau échapper un petit rire cristallin.

— Oui, ou un post pour son blog. Je n'y connais pas grand-chose en réseaux sociaux, mais grâce à Ella j'ai quelques notions.

— Ce n'est donc rien d'autre qu'un coup publicitaire, observa-t-il, détestant cette idée.

Liane hocha la tête.

— Oui, quelque chose de ce genre. C'est ce que je crois, en tout cas. Ce serait bien dans le style d'Ella.

D'après ce qu'il savait d'Ella, il n'était pas surpris. Malgré tout, il était furieux car il ne voulait pas qu'elle se serve de lui à des fins personnelles. Et pourtant, reconnut-il avec la froide logique qui le caractérisait, n'était-ce pas exactement ce qu'il avait fait avec elle ? Ne s'était-il pas servi d'Ella en s'assurant d'être pris en photo avec elle pour promouvoir l'hôtel ? Et si elle s'était aussi servie de lui, eh bien c'était un juste retour des choses, même si cela le contrariait.

Non, c'était lui qui profiterait de son image, décida Alessandro et, compte tenu de ce qu'il avait appris sur elle, Ella servirait admirablement ses intérêts. Leur association ne s'arrêterait pas là et, si cette femme fascinante faisait partie du marché…

— Très bien, conclut-il en vidant son verre d'un trait, puis en croisant son regard surpris. Vous pouvez donc m'aider à la trouver.

3.

— Alessandro Rossi veut me voir ? s'étonna Ella, allongée sur le canapé. Ce doit être à cause des chaussures.

— Sûrement, concéda Liane, ou à cause de ta magnifique robe, ou de ta personnalité lumineuse.

— Arrête, je vais rougir ! répondit Ella en éclatant de rire.

Pas autant qu'elle-même avait rougi hier soir lorsqu'elle était assise au bar avec Alessandro, se rappela Liane, se remémorant son air amusé.

Hélas, il ne s'agissait pas d'elle, mais d'Ella. Comme toujours.

— Il veut faire ta connaissance cet après-midi à son bureau, dit-elle à sa demi-sœur. Tu devrais t'habiller.

— Mais on est samedi ! protesta Ella en fermant les yeux. Et je suis épuisée ! Je suis rentrée à 5 heures du matin, figure-toi. Alonso organisait une fête à Soho…

— Tu ne t'es donc pas transformée en citrouille.

— Révise tes classiques. C'est le *carrosse* qui se transforme en citrouille, Liane ! N'était-ce pas un merveilleux coup de pub, quand même ? J'ai posté la vidéo à 2 heures du matin, et elle a déjà été vue *cinquante mille* fois !

Un rire nerveux lui échappa, tandis qu'elle scrutait à nouveau son portable.

— Soixante mille, maintenant ! Je suis quasiment devenue virale, Liane.

— Incroyable que ce soit un compliment.

— Tu sais ce que je veux dire.

— Effectivement, mais de quelle vidéo s'agit-il ?

— Celle d'Alessandro trouvant la chaussure, bien sûr ! rétorqua Ella avec un sourire suffisant.

— Tu l'as filmé ? dit Liane, mal à l'aise à cette pensée.

— Bien entendu.

D'après ce qu'elle connaissait de l'homme, Liane doutait qu'il serait heureux d'apprendre cette nouvelle. Il s'était montré bien suspicieux hier soir, exigeant de savoir pourquoi Ella était partie… et pas par inquiétude pour elle. Il lui avait paru calme et pondéré, tout le contraire d'Ella.

Poussant un soupir, elle jeta un coup d'œil à sa montre. Il était déjà midi, et hier soir Alessandro Rossi avait demandé – exigé, plutôt – qu'Ella vienne à son bureau à 14 heures précises. La première réaction de Liane avait été de refuser. Alessandro Rossi l'inquiétait autant qu'il la fascinait, et elle ne savait pas ce qu'il voulait. Puis elle s'était rendu compte à quel point un rendez-vous avec lui pouvait être utile à Ella…

— Ne veux-tu pas t'habiller ? Ce rendez-vous pourrait lancer ta carrière, Ella.

— Que veut-il, à ton avis ? s'enquit sa sœur en étudiant le vernis à ongles argenté sur ses orteils.

— Je n'en ai aucune idée.

Ce qui n'était pas entièrement vrai. Lorsque Alessandro lui avait dit qu'il voulait retrouver Ella, c'était pour lui faire une proposition, lui avait-il affirmé.

« Une proposition commerciale », avait-il ajouté lorsque Liane avait eu l'air scandalisée. « Je n'ai pas besoin de louer les services d'une maîtresse, mademoiselle Blanchard, si c'est ce que vous pensiez. Faites-moi confiance. »

« Ce n'était pas ce… »

« Je lis en vous comme dans un livre ouvert. Il ne s'agit pas de ce que vous pensez. Du tout. »

Ce qui l'avait beaucoup rassurée, même si elle se savait

ridicule. Alessandro ne penserait jamais à elle de cette façon. Cela ne lui viendrait même pas à l'esprit.

« Alors de quoi s'agit-il ? » avait-elle demandé, s'efforçant de ne pas rougir en songeant à quoi devaient ressembler les *maîtresses* d'Alessandro Rossi.

« D'une proposition commerciale qui profitera autant aux intérêts de votre sœur qu'aux miens. Assurez-vous juste qu'elle vienne à mon bureau demain à 14 heures, si elle veut en savoir plus. »

Puis il lui avait tendu une carte de visite pour la congédier.

— Vraiment, tu n'en as aucune idée ? la pressa Ella en levant la tête du canapé. Que t'a-t-il dit ?

— Il a parlé d'une sorte de proposition commerciale, admit Liane, mais je ne sais pas de quoi il s'agit. Cela vaut sans doute la peine de l'écouter.

En temps normal, Liane aurait plutôt conseillé la prudence – un mot que sa sœur ne prenait pas trop à cœur –, mais elle était assez honnête pour admettre qu'elle poussait sa sœur à assister à cette réunion non seulement parce que cela pourrait lui offrir des opportunités, mais aussi parce qu'elle-même voulait revoir Alessandro Rossi. Elle n'était pas certaine de lui faire confiance mais, en sa présence, elle se sentait… électrisée.

— Alors ? insista-t-elle. Comptes-tu y aller ?

— Je suppose que oui, répondit Ella en bâillant. Plus par curiosité qu'autre chose.

— De quoi avez-vous parlé, hier soir ?

— Je ne m'en souviens plus. Nous avons eu une conversation assez banale. Il sait se montrer charmant, mais il donnait l'impression de ne pas vouloir être là.

— Il est réputé assez solitaire.

Selon la presse à scandale, Alessandro Rossi ne nouait pas de relations sociales et n'apparaissait jamais en public, sauf à l'occasion d'événements professionnels. Une attitude qui le rendait mystérieux… et attirant.

— En d'autres termes, il est ennuyeux, conclut Ella.

Elle bâilla de nouveau et ferma les yeux. Liane n'arrivait pas à croire que sa sœur puisse laisser passer cette occasion. Cela lui ressemblait tellement ! Ambitieuse, oui, mais uniquement lorsque cela l'arrangeait !

— *Ella*, insista-t-elle en la poussant du pied. Si tu veux y aller, tu ferais mieux de t'habiller, et vite !

Ella ouvrit les yeux et regarda Liane d'un air pensif.

— Pourquoi es-tu si déterminée à m'envoyer là-bas ?

— Ce pourrait être une belle occasion pour toi.

— Sans doute, répondit Ella en se levant enfin, après s'être étirée langoureusement. C'est bon, j'irai, même si ce n'est que pour satisfaire ta curiosité !

Comme Liane tentait de protester, Ella monta l'escalier dans un éclat de rire.

À 13 h 58, les deux sœurs se tenaient devant l'imposant gratte-ciel de verre noir qui s'élevait dans le ciel bleu estival, symbole de modernité au cœur de la cité.

— Superbe ! s'écria Ella en abaissant ses lunettes de soleil pour admirer l'édifice. Tout cela lui appartient ?

Liane hocha la tête vers la discrète plaque d'or apposée sur la façade et sur laquelle il était écrit « Entreprises Rossi ».

— Apparemment oui. À lui ou à sa famille.

Elle avait fait une recherche en ligne sur Alessandro Rossi, évitant les titres racoleurs des tabloïds pour se concentrer sur un article de source sûre. Alessandro était le fils unique de Leonardo Rossi. Son père lui avait légué l'entreprise familiale l'année précédente, avant de prendre sa retraite à Ibiza. Sa mère n'était pas mentionnée.

— Eh bien, cette visite satisfera peut-être ta curiosité !

Avec un sourire lumineux, Ella entra d'un pas dansant

dans l'immeuble de bureaux et entreprit aussitôt de faire du charme à l'homme au visage sombre et en costume-cravate qui gardait l'entrée. M. Rossi l'attendait, selon lui.

Liane sentit sa gorge se nouer tandis que l'ascenseur s'envolait dans les étages. Elle n'était pas nerveuse à l'idée de revoir Alessandro Rossi, mais plutôt de sa propre réaction. Ce stupide engouement d'écolière qu'elle avait développé vis-à-vis d'un étranger devait cesser… surtout si son visage révélait ses sentiments. Elle ne supportait pas d'être si transparente. De plus, elle avait l'impression qu'Alessandro devinait ce qu'elle ressentait – une pensée terrifiante.

Pourquoi diable cet homme lui faisait-il autant d'effet ? Son attitude arbitraire aurait dû au contraire l'agacer. Et pourtant, même maintenant son corps fourmillait d'excitation à la simple perspective de le revoir.

Une assistante en tailleur noir les accueillit à l'ascenseur et les escorta vers une imposante double porte en bois. Liane sentit battre son cœur tandis qu'Ella entrait la première, tête haute, resplendissante dans sa robe jaune moulante et ses hauts talons assortis, ses magnifiques cheveux blonds cascadant sur ses épaules. Liane se faufila derrière elle.

— J'ai appris que vous aviez une proposition à me faire, dit Ella en s'avançant vers le bureau d'Alessandro.

Le visage impassible, Alessandro se leva d'un mouvement fluide, son corps puissant revêtu d'un costume gris anthracite qui mettait en valeur ses yeux argentés. Il paraissait distant et parfaitement maître de la situation. Comme elle s'y attendait, il ne la regarda même pas.

— Mademoiselle Ash… Je suis ravi que vous ayez pu venir. Je vous en prie, asseyez-vous !

Il indiqua d'un geste un des fauteuils club posés devant son imposant bureau. La façade entièrement vitrée offrait une vue panoramique sur la cité, avec ses gratte-ciel étincelants et, au loin, Central Park. Il jeta un bref regard à Liane, la faisant frissonner.

— Et vous aussi, mademoiselle Blanchard, ajouta-t-il.

Y avait-il une touche d'humour dans sa voix ? Liane n'en était pas sûre, mais elle rougit tout de même.

— Merci, murmura-t-elle en s'avançant.

Elle s'assit sur le bord du siège, tandis qu'il se tenait debout derrière son bureau et les dévisageait l'une après l'autre, avant de se pencher pour ramasser quelque chose.

— Je crois que ceci vous appartient, dit-il à Ella en présentant avec emphase l'escarpin de vair.

Ne manquant jamais une occasion de se faire remarquer, Ella rit et leva sa jolie jambe.

— Vous devriez d'abord voir si elle est à ma taille ! répondit-elle en battant ostensiblement des cils.

— Très bien, dit-il, impassible.

Il jeta un bref regard à Liane, avant de retirer la sandale d'Ella puis de lui enfiler l'escarpin.

— Elle vous va parfaitement, constata-t-il en se redressant.

— Voici le moment où vous êtes censé me demander en mariage, non ? Puis nous vivons heureux jusqu'à la fin de nos jours, dit-elle en éclatant de rire. Mais j'ai l'impression que ce n'est pas exactement ce que vous aviez en tête.

Elle remplaça l'escarpin par sa sandale, avant de lui jeter un regard appuyé.

— Alors, monsieur Rossi, quelle est exactement cette proposition commerciale ?

Ella Ash était un véritable feu follet. À la fois amusé et agacé, Alessandro s'efforça de rester stoïque en voyant se confirmer ses soupçons de la veille. Ella était le genre de personne qui jouait sans cesse la comédie et avait besoin d'un public invisible partout où elle se rendait – un exhibitionnisme qu'il n'appréciait guère. Mais dans le cas présent, elle était peut-être ce qu'il lui fallait, au moins pour une courte période. Dans l'intérêt des hôtels Rossi.

Il jeta un regard en coin à Liane. Il ne pouvait s'empêcher d'essayer de deviner quelles émotions se cachaient derrière ces yeux violets indéchiffrables, ces lèvres pincées et ces mains posées sagement sur les genoux. Elle portait une robe bleue ordinaire, une tenue assez fade mais qui révélait ses courbes affriolantes. Elle était petite et délicate, et il la trouvait plus fascinante que sa sœur, songea-t-il avant de reporter son attention sur Ella.

— Ma proposition est simple. Les hôtels Rossi ont besoin de rajeunir leur image. Notre enseigne, synonyme de luxe, de confort et de discrétion, n'a pas conquis le cœur de la génération des réseaux sociaux.

Il eut un bref sourire. Il avait passé ces dix dernières années à redresser l'entreprise Rossi que son père avait laissée couler par simple négligence, et il refusait de laisser sombrer la partie hôtellerie simplement parce que la génération actuelle ne fréquentait pas ses établissements.

— Ah oui ? s'enquit Ella en inclinant la tête. C'est vrai que l'hôtel m'a paru un peu vieux jeu.

— Et comme vous l'avez certainement deviné, c'est là que vous intervenez, dit-il en lui adressant un sourire contraint.

— Voulez-vous que je parle de l'hôtel sur mon blog ? Parce que la vidéo sur laquelle vous trouvez la pantoufle de vair a déjà eu… deux cent mille vues, ajouta-t-elle après avoir regardé son portable. Vous vous rendez compte ?

— Quoi ? Quelle vidéo ?

— Vous m'avez fait venir ici sans l'avoir vue ? Regardez !

Elle lui tendit son téléphone, et Alessandro découvrit une vidéo de lui un peu floue. Il descendait les marches de l'hôtel, et la caméra zoomait sur son visage au moment où il ramassait l'escarpin. La dernière image comportait la légende suivante :

Oh ! mon Dieu ! Le prince a trouvé ma pantoufle ! Et ensuite ?

Sérieusement, toute cette histoire était un peu puérile. Et pourtant, cela semblait fonctionner car, durant les quelques secondes qu'il lui avait fallu pour la visionner, cette vidéo avait recueilli plus de mille vues. C'était insensé. Il n'en était pas moins furieux d'avoir été filmé à son insu et jeté en pâture aux internautes. Elle s'était *servie* de lui – une faute impardonnable, selon lui. Il se retint de lancer le portable au sol et de l'écraser du pied, avant de jeter Ella Ash dehors. Comment avait-elle osé se servir de lui ?

Réprimant ses émotions, il se força à ne pas réagir. Il s'était douté qu'elle s'était servie de lui, hier soir. Ses soupçons étaient maintenant confirmés, mais cela ne changeait pas ses propres objectifs. Il préférait opter pour la retenue plutôt que la colère et le reproche, à l'inverse de ses parents qui laissaient leurs émotions leur dicter leur conduite. Il rendit le portable à Ella, qui l'empocha.

Liane n'avait pas dit un mot, malgré son air inquiet. Son regard violet passait de l'un à l'autre, et ses cils dorés s'abaissaient lorsqu'elle le surprenait en train de la regarder.

— Vous avez donc pris cette vidéo de moi à mon insu ? résuma-t-il.

— Oui, depuis une voiture garée dans la rue, admit-elle sans aucune gêne.

Ce genre de comportement était-il normal parmi cette génération ? se demanda Alessandro. À trente-quatre ans, il n'avait que douze ans de plus qu'Ella, mais en ce moment il se sentait très vieux.

— Vous l'avez ensuite publiée sans mon consentement ? poursuivit-il d'un ton plus dur.

Ella écarquilla les yeux.

— Est-ce vraiment un problème ?

C'était discutable, concéda Alessandro, vu qu'il se

trouvait dans un lieu public. Mais il n'avait pas l'intention de s'appesantir maintenant sur des considérations juridiques.

— Quel était exactement le but de votre coup monté ?

— Mon ami, Alonso Alovar, a créé ces chaussures. C'était donc supposé être de la publicité pour lui et, croyez-moi, cela a marché. Son site Internet croule sous les commandes.

— Comment savaient-ils que c'étaient ses chaussures ?

— Grâce aux hashtags, répondit-elle en secouant la tête d'un air amusé. Savez-vous seulement comment fonctionnent les réseaux sociaux ?

Non, et il n'avait aucune envie de le savoir. Oh ! il comprenait le concept. Certaines choses publiées devenaient virales, et des personnes accédaient à la célébrité quinze minutes seulement après avoir posté des images absurdes. *Très bien*, mais cela n'affectait pas la vraie vie. Sa vie. Le monde des affaires et de la banque, le monde des investissements et de l'entreprise, le monde des actions et des obligations, et de l'argent comptant. Enfin… si, peut-être. Malheureusement.

— Je n'ai jamais été intéressé par les réseaux sociaux, pas plus que je n'ai eu besoin de m'en servir, rétorqua-t-il, mais, comme je vous l'ai dit, je suis intéressé par ce média à des fins de publicité pour les hôtels. Voici donc ce que je vous propose : vous vous joignez à moi pour une brève tournée des hôtels Rossi. Nous fêtons notre centenaire cette année, et des soirées seront organisées cette semaine pour célébrer cet anniversaire. La première aura lieu à Los Angeles demain soir.

Il avait pensé ne faire qu'une brève apparition à ces soirées, mais il allait devoir changer ses plans, maintenant.

— Une tournée ? s'étonna Ella en écarquillant les yeux. Vous voulez que je vienne en tournée avec vous ?

— Oui, l'idée est que nous allions ensemble à ces soirées. Les magazines couvriront l'événement, et vous deviendrez l'ambassadrice des hôtels Rossi.

Les yeux d'Ella se mirent à pétiller.

— Ensemble ? s'enquit-elle. Je veux dire... *vraiment* ensemble ?

Elle le taquinait, mais Alessandro décida de la prendre au sérieux. Mieux valait établir clairement ce qu'il voulait... et ne voulait pas.

— Oui, mais uniquement à des fins publicitaires. Aussi charmante que vous puissiez l'être, mademoiselle Ash, il est seulement question ici d'une collaboration temporaire.

— Et ensuite je publie l'événement sur les réseaux sociaux ? devina Ella. Une série entière – comme une histoire, un post par jour ? Nous pourrions donner une suite à la pantoufle de vair : le prince charmant trouve sa princesse ! Que se passe-t-il ensuite ? Où vont-ils ? Ce serait *formidable*.

— Je n'avais pas vu ça sous cet angle, admit Alessandro, mais cela pourrait être efficace.

Cela lui paraissait affreusement convenu, mais le monde était manifestement devenu ainsi.

— L'important est que vous mettiez l'accent sur les hôtels, pas sur une histoire ridicule, dit-il en jetant un coup d'œil à Liane qui avait l'air plutôt sévère. Vous désapprouvez ?

Liane sursauta et évita son regard.

— Pourquoi désapprouverais-je ?

Il ne savait pas pourquoi, mais il devinait que c'était le cas. Il y avait quelque chose de malhonnête dans ce stratagème, *spécialement* pour lui. Il ne recherchait pas la publicité et détestait attirer l'attention. Ce n'était pas du tout sa façon de procéder, et pourtant voilà qu'il y avait recours. Pour les hôtels Rossi. Et cette fois, il maîtriserait la situation.

N'y a-t-il pas d'autres raisons qui te poussent à agir ainsi ? lui souffla une petite voix intérieure qu'il réprima aussitôt.

— C'est à vous de me le dire.

— Je ne désapprouve pas, monsieur Rossi, bien que je

n'aie pas à donner mon opinion sur le sujet. C'est à Ella de décider.

— C'est juste, rétorqua-t-il, avant de se tourner vers l'intéressée. Il y a deux hôtels Rossi aux États-Unis – un à Los Angeles et un à New York – et trois en Europe – Londres, Paris et Rome. Les soirées sont prévues pour la semaine prochaine.

Courir le monde en compagnie d'Ella Ash ne l'enthousiasmait guère, mais il pouvait travailler à distance et cela lui donnerait aussi l'occasion de visiter chaque hôtel, ce qu'il avait prévu de faire de toute façon au cours des prochains mois. Ce serait donc un exercice intéressant, du moins l'espérait-il.

— Je vous rémunérerai, bien entendu, et je m'occuperai du logement et du transport, ainsi que de la garde-robe nécessaire.

— Je peux fournir la garde-robe, assura Ella. Ce sera une merveilleuse opportunité pour les jeunes stylistes avec qui je travaille. Vous ne serez pas déçu, croyez-moi.

Il lui adressa un bref signe de tête.

— Très bien. Je demande seulement de voir et d'accepter chaque message ou photo avant que vous ne la publiiez.

Il n'était peut-être pas expert en réseaux sociaux, mais il savait combien les publications en ligne pouvaient rapidement devenir incontrôlables et il n'avait aucune intention d'être ridiculisé.

Ella fit la moue.

— C'est d'accord, mais vous devez me faire confiance. Compte tenu de ce que j'ai vu, je ne suis pas sûre que vous sachiez ce qui marche ou pas sur les réseaux sociaux.

Il hocha la tête en signe d'assentiment.

— Je suis prêt à recueillir votre avis sur la question, mais c'est moi qui aurai le dernier mot.

Et il n'en démordrait pas.

— D'accord.

Elle lui adressa un sourire éclatant.

— Vous acceptez, alors ?

— Oui, mais à une condition.

— Oh ? Et quelle est cette condition ?

— Liane m'accompagnera.

Liane poussa un petit cri et porta la main à sa bouche. Alessandro vit ses yeux s'écarquiller. Elle était manifestement aussi surprise que lui par cette proposition.

— Je ne suis pas opposé à sa présence, s'entendit-il répliquer.

— Parfait, parce que j'ai besoin de Liane.

— *Besoin* d'elle ? s'étonna Alessandro.

— Pour le soutien moral et la compagnie.

— Je vois…

Il n'était pas du tout opposé à cette idée, comprit Alessandro. Au contraire. Liane, quant à elle, avait toujours l'air abasourdie, et une légère rougeur ornait ses joues.

— Pouvez-vous prendre un congé ? lui demanda-t-il.

Il ne savait même pas si elle travaillait, ou ce qu'elle faisait de son temps, de sa vie. En bref, il ne savait rien d'elle.

— Je suis enseignante, et nous sommes en congé pour les vacances depuis la semaine dernière, donc oui… en théorie je suis libre.

— En théorie ? Êtes-vous prête à nous accompagner ?

Liane jeta un coup d'œil à Ella.

— Tu n'as pas vraiment besoin de moi, n'est-ce pas, Ella ?

— Mais si ! assura celle-ci en saisissant les mains de sa sœur.

Liane regarda tour à tour Ella et Alessandro, visiblement déchirée. Pourquoi était-elle si réticente ? se demanda-t-il. En tout cas, c'était l'impression qu'elle donnait. Il lui offrait un voyage tous frais payés vers les destinations les plus prisées du monde, et elle hésitait ! Elle devrait plutôt remercier sa bonne étoile ou *lui* directement.

— Alors ? demanda-t-il avec une légère impatience.

Liane prit une grande inspiration, puis elle hocha la tête en serrant les mains d'Ella.

— C'est d'accord, dit-elle d'un ton inquiet dont il ne comprit pas la raison. J'irai avec vous.

4.

Liane regarda par le hublot le ciel bleu azuréen parsemé de nuages ouatés. Dans un peu plus d'une heure, ils atterriraient à Los Angeles. C'était insensé ! Deux jours auparavant, Alessandro Rossi lui avait marché sur les pieds, et maintenant elle se trouvait à bord de son jet privé ! Certes, il ne l'avait pas regardée depuis le décollage. Pas plus qu'Ella, d'ailleurs. C'était comme si, une fois cet étrange accord scellé, elles avaient plus ou moins cessé d'exister pour lui.

Liane jeta un coup d'œil à Ella, affalée dans le fauteuil en cuir en face d'elle, pianotant comme toujours sur son portable. Elle regrettait presque de ne pas s'intéresser comme elle aux réseaux sociaux. Cela l'aurait distraite de ses propres pensées et de son agitation croissante. Pourquoi Ella avait-elle insisté pour qu'elle parte avec elle ? Et pourquoi avait-elle accepté ? Mais elle connaissait la réponse à ces deux questions. Ella avait toujours compté sur son bon sens, et elle avait accepté car elle n'avait jamais su dire non à sa sœur.

Et parce que tu voulais passer plus de temps avec Alessandro Rossi, reconnut-elle en son for intérieur.

Incapable de se retenir, Liane jeta un coup d'œil à Alessandro. Les sourcils froncés, il étudiait de près des papiers. Ses cils balayaient ses joues tandis qu'il lisait – des cils épais et veloutés qui lui donnaient l'air encore plus viril. Il remua sur son siège, croisa à nouveau les jambes, et Liane huma l'odeur citronnée de son after-shave.

Elle reporta son attention sur le hublot, déterminée à se concentrer sur le ciel bleu et pas sur l'homme assis en face d'elle et dont la simple présence mettait ses sens en émoi. Un bal ce soir à Los Angeles, un autre à Londres dans deux jours… Tout cela lui faisait tourner la tête. Sa mère avait été stupéfaite par la tournure des événements, mais aussi pleine d'espoir.

« Voici ta chance de te trouver un bon parti, Liane ! » s'était-elle écriée. « Ne gâche pas cette opportunité. Fais de ton mieux. »

« Mais… Alessandro Rossi ne s'intéresse pas à moi ! » lui avait-elle répondu.

« Pas Rossi, bien sûr. Il n'est pas dans ta catégorie. »

Liane avait fait de son mieux pour ne pas se vexer. À sa manière abrupte, sa mère ne disait pas autre chose que la vérité.

« Mais quelqu'un d'autre, peut-être ? » avait suggéré Amélie. « Quelqu'un qui travaille pour lui – un assistant ou une connaissance ? Tu côtoieras sûrement beaucoup d'hommes durant ce voyage. Tu dois absolument ouvrir l'œil et te présenter sous ton meilleur jour. Je vais mettre la robe bleue dans ta valise. »

Liane avait frémi. Sa mère était bien intentionnée, mais résolument mal avisée.

« Et si je ne veux pas me marier, ni harponner un homme comme un poisson ? » avait-elle riposté.

Elle en était bien incapable et ne saurait même pas comment faire. Elle avait toujours espéré qu'un jour un homme entrerait dans sa vie et l'envelopperait dans ses bras. Elle n'aurait pas à chercher l'amour car il viendrait à elle.

« Bah ! Que ferais-tu d'autre avec un homme ? »

Le souvenir la fit à la fois soupirer et sourire. Malgré les critiques incessantes de sa mère, Liane avait de la peine pour elle. Amélie était aigrie après deux mariages désastreux. Son propre père avait été un joueur impénitent, et Robert Ash avait dilapidé toute sa fortune. Par deux fois, Amélie s'était retrouvée sans ressources. Pas étonnant qu'elle soit devenue amère, faisant payer sa déception à ses filles. Manon avait appris à ne pas s'en faire, mais Liane en souffrait beaucoup.

Elle n'était pas certaine que sa mère ait été profondément amoureuse de ses maris, mais au moins avait-elle ressenti une certaine affection pour eux. Bref, sa vie n'était pas un conte de fées ! songea-t-elle en soupirant. Et d'ailleurs, les contes de fées n'existaient pas. Pourtant, elle aspirait secrètement au grand amour et espérait rencontrer un jour un homme qui la comprendrait, qui l'aimerait et qui la *verrait* vraiment pour ce qu'elle était. Un jour, peut-être…

— Combien y a-t-il de vues maintenant ? demanda-t-elle à sa sœur qui baissa les yeux sur son portable.

— Six cent mille. C'est fou ! s'extasia Ella en regardant Alessandro. Pourquoi êtes-vous si célèbre ?

— Parce que je suis le descendant d'une des plus anciennes familles aristocratiques d'Italie, considérée comme pionnière en termes d'investissements européens, répondit-il, sans lever les yeux de son travail.

— Et pourtant, vous avez besoin de moi, le taquina Ella.

Alessandro leva alors la tête et haussa un sourcil.

— Disons qu'il s'agit plus d'une expérience, mademoiselle Ash. Les hôtels Rossi ne sont qu'une branche de l'entreprise dans son ensemble. Ma fortune ne dépend pas d'eux. Cela dit, je souhaiterais qu'ils prospèrent et, s'il faut pour cela utiliser les réseaux sociaux, alors… qu'il en soit ainsi ! conclut-il, après avoir écrit une annotation sur sa feuille.

— Oh ! et moi qui pensais vous sauver la mise !

Alessandro eut un léger sourire, faisant tressaillir le cœur de Liane, même s'il ne la regardait pas. Le sourire d'Ella s'élargit, et elle battit des cils de son habituelle façon théâtrale, avant de revenir à son portable.

Liane s'excusa, puis se leva pour aller visiter l'avion. Elle ne voulait pas assister aux échanges entre Alessandro et Ella. Alessandro avait peut-être dit qu'il n'était pas intéressé par une histoire d'amour, mais Liane était certaine qu'Ella pourrait le faire changer d'avis, si elle le voulait – et pourquoi ne le voudrait-elle pas ?

La cabine voisine était aménagée en bureau, comme en témoignaient la magnifique table en acajou et les murs incurvés habillés de rayonnages finement ouvragés. Liane fit courir son doigt sur les titres – des grands classiques de la philosophie, des recueils de poèmes et des livres d'histoire en plusieurs langues. Elle se demanda si Alessandro les avait tous lus ou s'ils étaient là uniquement pour décorer la pièce. Elle saisit un ouvrage de poésies et le laissa s'ouvrir de façon naturelle à une page usée – *Demain, dès l'aube*, de Victor Hugo. Lentement, elle lut les célèbres lignes…

– *« Demain, dès l'aube, à l'heure où blanchit la campagne, je partirai. »*

Liane faillit sauter au plafond en entendant Alessandro clamer le poème d'une voix qui paraissait caresser chaque syllabe. Il était entré dans la pièce sans se faire remarquer et se tenait suffisamment proche d'elle pour voir la page qu'elle lisait.

Comme s'il venait de la prendre en faute, elle ferma le recueil et le remit en place.

— Vous connaissez ce poème ? s'enquit-elle.

— Oui, affirma-t-il, avant de poursuivre d'une voix douce. *« Vois-tu, je sais que tu m'attends. J'irai par la forêt, j'irai par la montagne… »*

— Vous parlez français ?

Le sourire qui ourlait ses lèvres paraissait presque tendre, tandis qu'il laissait courir son regard sur elle.

— *Mais oui !*

Elle rit, ébranlée de voir qu'un simple regard pouvait l'emplir d'un désir qu'elle n'osait pas nommer.

— En réalité, j'ai un niveau assez médiocre et je ne sais pas vraiment l'écrire ni le parler. Mais c'est une très belle langue.

Sa réflexion lui sembla étrangement intime, comme s'il la complimentait, elle, et non la langue française. Lorsqu'elle osa enfin le regarder, elle capta son regard pensif qui s'attardait sur son corps.

— Et pourtant vous êtes capable de citer Hugo ? réussit-elle à dire, les mains serrées devant elle pour essayer de calmer sa nervosité. Je suis impressionnée.

— J'ai toujours aimé ce poème.

— Mais il est si triste ! protesta Liane.

Cependant, elle aussi appréciait ce poème. Il reflétait un peu le chagrin qu'elle avait ressenti lorsque son père s'était laissé entraîner dans un scandale et que leur vie avait changé si drastiquement. Ils avaient quitté Lyon, déménagé à Paris, puis à New York, et leur père était mort peu de temps après. Ils avaient été catapultés dans un monde inconnu et même hostile. Ces pertes successives l'avaient profondément marquée.

— Hugo a écrit ce poème pour sa fille qui s'est noyée dans la Seine alors qu'elle venait de se marier, précisa Alessandro.

Connaissant l'histoire, Liane hocha la tête.

— Ses vêtements étaient trop lourds et l'ont entraînée sous l'eau. Son mari s'est noyé lui aussi en essayant de la sauver. Elle n'avait que dix-neuf ans.

— Pas vraiment un conte de fées.

— Mais les contes de fées ne reflètent pas la réalité, n'est-ce pas ?

Il inclina la tête et l'étudia, la faisant se sentir étrangement vulnérable, comme s'il mettait son âme à nu et en sondait la profondeur. Seigneur, quelle imagination ! Elle croyait que cet homme voyait des choses en elle que personne d'autre ne voyait. Bien sûr que non ! Il la voyait à peine, et pourtant sa proximité faisait naître en elle une douce chaleur – une sensation à la fois agréable et terrifiante.

— C'est ce que vous pensez ?

Elle n'allait pas admettre qu'elle voulait croire aux contes de fées. Elle n'allait pas non plus faire l'éloge du véritable amour, alors qu'elle le soupçonnait de ne pas y croire. Par ailleurs, elle n'avait pas de preuve qui justifierait ses dires – juste une conviction profonde, ou peut-être simplement l'espoir que le véritable amour pouvait être merveilleux.

— C'est ce que j'ai vu jusqu'à présent, répondit-elle d'un ton plus sec que prévu. Vous-même fabriquez de toutes pièces un conte de fées pour redorer le blason de votre entreprise.

— Vous désapprouvez, donc ? dit-il en haussant un sourcil.

— J'ai surtout un doute sur l'efficacité et la moralité d'un tel stratagème, concéda-t-elle.

— La moralité ? s'étonna-t-il en croisant les bras, les sourcils froncés. En quoi est-ce immoral de poster sur les réseaux sociaux quelques photos des hôtels Rossi ?

Décontenancée, Liane haussa les épaules. En réalité, elle était surtout jalouse, réalisa-t-elle, honteuse.

— Vous amenez avec vous Ella dans le seul but de générer des rumeurs et des spéculations…

— Non, j'ai invité Ella à m'accompagner pour améliorer l'image des hôtels sur les réseaux sociaux.

— Mais vous savez bien qu'elle inventera une histoire ridicule à travers ses posts ! dit-elle, espérant ne pas paraître trop jalouse.

— Vraiment ? N'oubliez pas que je dois donner mon

accord avant toute publication. De toute façon, vous avez accepté que votre sœur joue le jeu, ajouta-t-il en la fixant de son regard d'acier.

— Elle a vingt-deux ans, répliqua-t-elle d'un ton acerbe. Je ne peux pas prendre de décisions pour elle.

— C'est vrai.

Il s'adossa à la bibliothèque, si proche que Liane sentait la chaleur de son corps puissant. Si elle faisait un pas vers lui, ils se toucheraient. Elle s'imaginait déjà la sensation de sa chemise en coton sous ses doigts, de sa peau chaude et soyeuse en dessous, tandis qu'elle s'efforçait de rester impassible. Son corps, en revanche, menaçait de s'incliner vers lui telle une plante vers le soleil. C'était ridicule ! Et honteux, d'autant qu'il ne ressentait rien de similaire, elle en était sûre.

— Vous auriez donc préféré qu'elle n'accepte pas ?

— Je n'ai pas à juger, dit Liane, ne voulant pas s'avancer.

— Mais vous avez sûrement une opinion sur la question.

Elle leva la tête vers lui, gênée d'émettre un avis quand sa sœur et elle dépendaient de sa générosité pour la semaine. De plus, elle ne voulait pas qu'il la trouve prude ou sévère – maîtresse d'école, même si c'était exactement ce qu'elle était.

— Tout le monde va penser que vous êtes en train de tomber amoureux, finit-elle par dire d'une voix incertaine.

— Peut-être, mais en quoi est-ce si important ?

— En rien, j'imagine, mais je n'aime pas tromper les gens.

— Moi non plus.

Les sourcils froncés, elle leva vers lui un regard troublé.

— Mais alors, pourquoi… ?

— Ce n'est pas vraiment une supercherie, vous savez.

Il changea de position, et son épaule frôla la sienne, mettant ses sens en émoi.

— Le marketing est une sorte de manipulation visant à présenter le produit à vendre de façon avantageuse.

Liane hocha la tête. Elle ne se souciait pas autant qu'elle le prétendait de cette mascarade, mais elle était gênée par le fait qu'Alessandro et Ella se fassent passer pour un couple. Alessandro avait beau prétendre le contraire et sembler immunisé contre le charme de sa sœur, elle craignait que cela ne change. Après tout Ella était une jeune femme époustouflante, charmante, drôle et toujours prête à tomber amoureuse. Comment un homme tel qu'Alessandro pourrait-il lui résister ? Il ne le pourrait pas, conclut Liane, abattue.

Ses yeux étaient magnifiques, songea Alessandro – de la couleur des pensées, d'un violet profond, et bordés de longs cils soyeux qui balayaient ses joues à chaque fois qu'elle clignait des yeux, c'est-à-dire souvent. Il aimait sa façon de se figer lorsqu'il s'approchait d'elle.

Il huma son parfum fleuri, une fragrance subtile, discrète, sophistiquée. Il avait la sensation qu'il y avait quelque chose de fragile et de vulnérable en elle, mais aussi de fort et de combatif. Une femme complexe et énigmatique, bien plus fascinante que sa sœur, qui ne pouvait pas lever les yeux de son portable plus de trente secondes. Il y avait une profondeur chez Liane qu'il n'avait pas discernée chez Ella. Mais pourquoi comparer les deux femmes ? Liane était unique.

Non que cela change quoi que ce soit à la situation. Il n'avait pas l'intention de céder à cette attirance naissante, quand bien même il appréciait ce moment présent et se demandait si ce serait agréable de se pencher en avant, de respirer sa douce fragrance, de caresser sa peau satinée, de l'attirer à lui…

— Comment connaissez-vous ce poème ? s'enquit-il.

Il voulait en apprendre davantage sur elle et parler d'autre chose que de ce projet de réseaux sociaux qu'il commençait à regretter. Cela avait été une décision intempestive qui ne lui ressemblait pas du tout et, s'il devait se montrer honnête, qui n'avait rien à voir avec les hôtels Rossi, et tout avec la jeune femme devant lui.

— On l'apprend à l'école, en France. C'était un de mes préférés. Je l'enseigne également.

— Vous avez grandi en France, alors ?

— Oui, à Lyon et à Paris, mais nous avons déménagé à New York quand j'avais onze ans.

— Pour quelle raison ?

— Que de questions !

Elle rit doucement et s'écarta de lui dans un bruissement de tissu, sa robe bleue ondulant autour de ses jambes.

— Mon père était diplomate. Il a été affecté à New York, ajouta-t-elle en tournant vers lui un regard amusé. Il était apparemment un grand ami de votre père.

— Vraiment ? répondit Alessandro d'un ton neutre.

Cette amitié n'était pas de bon augure, songea-t-il. Son père s'était comporté en dilettante durant toute sa vie, se lançant dans une liaison après l'autre sans se soucier des blessures qu'il occasionnait. Il avait dû agir de la même manière en amitié.

— C'est peut-être sujet à controverse, concéda Liane. Mais c'est pour cette raison que nous avons été invitées au bal. Mon père aurait prêté de l'argent au vôtre à une table de baccara à Monte Carlo. En remerciement, il a inclus ma famille sur la liste d'invitation à plusieurs occasions au fil des ans, même si c'était la première fois que nous avons pu y participer.

— Ah…, dit-il, incapable de retenir une grimace.

— Mon père était un joueur invétéré, expliqua-t-elle. Il a perdu tout son argent dans les casinos, et nous avons déménagé à Paris, puis à New York pour échapper à la honte. Il est mort peu après.

Alessandro entendit la douleur dans sa voix, et cela le toucha plus qu'il ne l'aurait voulu.

— Je suis désolé.

— Moi aussi. S'il ne s'était pas ruiné et ne s'était pas mis à boire, il ne serait pas mort d'insuffisance hépatique un an plus tard, dit-elle en soupirant.

— J'ai peur que mon père ne partage bon nombre des traits du vôtre, précisa-t-il. Il est toujours vivant, cependant, et il mène la grande vie à Ibiza…

Elle se tourna vers lui et le dévisagea d'un air sérieux.

— Vous n'êtes pas comme lui, assura-t-elle. C'est par choix que vous avez décidé d'être différent ?

Sa perspicacité, tant appréciée quelques instants plus tôt, le mettait maintenant mal à l'aise.

— Oui, admit-il.

— La presse est si curieuse à votre sujet, dit-elle. Vous paraissez assez solitaire, ce qui rend ce tourbillon de soirées mondaines encore plus surprenant aux yeux du public.

— Vous vous êtes renseignée sur moi ?

Le feu aux joues, elle soutint son regard.

— Cela aurait été un peu insouciant de ma part de ne pas le faire, étant donné que ma sœur et moi voyageons avec vous durant une semaine.

— C'est vrai, mais il ne faut pas croire tout ce qu'on lit dans les journaux.

— Vous ne vivez donc pas en reclus ?

— Le terme est peut-être un peu fort. J'apprécie ma propre compagnie et je trouve celle des autres souvent fastidieuse.

— Ces soirées seront donc une vraie torture pour vous, le taquina-t-elle avec un petit sourire.

En ce moment, il vivait une torture entièrement différente. Il respirait son odeur, voyait le violet de ses yeux s'assombrir, et sa poitrine se soulever à chaque inspiration… Pourquoi cette femme l'affectait-elle autant ? C'était à la fois inquiétant et agaçant de sentir une attirance aussi forte pour quelqu'un qu'il connaissait à peine. Même maintenant, il avait envie de tendre le bras et de l'attirer lentement à lui…

— Je compte rester le temps qu'il faudra pour générer la publicité nécessaire, dit-il, refoulant l'image de son esprit.

— Vous semblez vraiment cynique.

— C'est parce que je le suis !

Sa voix s'éleva, dure et sèche, et elle en fut surprise. Même s'il appréciait de discuter et de flirter avec Liane, Alessandro voulait qu'elle sache qui il était. Par ailleurs, il refusait de lui donner le moindre espoir, peu importe l'attirance qu'il éprouvait envers elle.

Elle soutint un instant son regard, comme pour évaluer la véracité de ses propos, puis elle s'approcha d'une porte.

— Qu'y a-t-il derrière ?

Alessandro s'approcha, tandis qu'elle ouvrait le battant.

— La chambre, répondit-il.

Elle balaya du regard le grand lit et ses nombreux oreillers dans les tons or et crème.

Debout derrière elle, Alessandro était si près qu'il aurait pu embrasser sa nuque en penchant la tête. Il recula d'un pas.

— Quelle magnifique chambre ! s'extasia-t-elle tout à coup.

Il se demanda si elle aussi s'imaginait la scène qui pouvait se jouer ici. Lorsqu'elle commença à refermer la porte, il posa la main sur la sienne. Elle se figea aussitôt, le corps tremblant. Le temps sembla se figer. Ce serait si facile de se retourner et de la prendre dans ses bras…

Mais non. Il était fou de penser de cette façon. Il ne se laissait *jamais* guider par ses émotions. La retenue était son maître mot. Il ne pouvait laisser Liane changer sa façon d'être.

— Vous devriez voir la salle de bains, dit-il en retirant sa main. Elle est encore plus luxueuse.

— Vraiment ?

Elle le dévisagea d'un air intrigué. Il aimait la façon dont ses yeux s'écarquillaient et ses lèvres s'entrouvraient.

À chacune de ses réactions, aussi infime soit-elle, il sentait le désir monter en lui.

— Venez voir, murmura-t-il en posant une main dans le creux de son dos pour l'inviter à entrer.

Elle avança. Il sentait la chaleur de son corps à travers le coton fin de sa robe. Il la désirait, même s'il ne ferait rien pour assouvir ce désir. Et il se doutait qu'il n'était pas le seul à ressentir cette attirance, même si elle faisait tout pour ne rien montrer.

Lentement, savourant chaque instant, il la guida vers la salle de bains.

— Oh ! s'écria-t-elle en embrassant du regard l'immense bain à remous, les miroirs dorés et le chandelier en cristal. Quelle... décadence !

— N'est-ce pas ? dit-il d'un ton amer.

Elle le regarda, une lueur interrogative dans le regard.

— Ce n'est pas vous qui l'avez conçue ?

— Non. Ce jet appartenait à mon père. Je préfère voyager sur des vols commerciaux mais, vu la nature de ce déplacement, j'ai jugé préférable et plus écologique de prendre le jet privé.

— Votre père avait des goûts décadents ?

— On peut dire ça.

— Vous n'êtes décidément pas comme lui, alors.

— Je vous remercie du compliment, même si je ne vois pas comment vous avez pu discerner autant de choses en moi.

— Vous prônez la retenue en tout, comme si vous n'aviez pas le choix et que c'était une question de principe.

Il rit, mais demeura troublé par sa clairvoyance. C'était exactement ce qu'il ressentait. Ne jamais céder à un désir, car c'était un signe de faiblesse. Ne jamais se laisser influencer.

— Je ne suis pas certain que ce soit un compliment.

— J'admire une certaine forme de retenue. Mon père en était exempt, ce qui était d'autant plus regrettable.

— Et vous n'êtes pas non plus comme votre père.

— Je ne suis pas une joueuse, en tout cas, dit-elle avec un petit rire. Mais pour être honnête, j'aimerais bien parfois être un peu comme lui – plus drôle, insouciante et pleine de joie de vivre. Les gens l'adoraient et moi aussi. Il était un peu comme Ella, même s'ils n'étaient pas apparentés.

Alessandro ne répondit pas tout de suite. Il ne comprenait pas pleinement le chagrin qu'elle ressentait pour un homme qui avait manifestement gâché une bonne partie de sa vie. Il refusait de ressentir une telle émotion pour ses propres parents.

— Ella est donc la fille du second mari de votre mère ?

— Oui, Robert Ash. Ils se sont mariés lorsque ma sœur et moi étions adolescentes.

— Ella a dit qu'elle ne s'entendait pas avec votre mère.

— C'est un euphémisme, répondit Liane en détournant le regard. Ce n'est hélas pas la faute d'Ella.

— Celle de votre mère, alors ? demanda-t-il, curieux de savoir ce qui rendait Liane si triste.

— Ma mère est compliquée et peut être difficile, répondit-elle en se tournant vers lui. Et la vôtre ?

Il songea brièvement à la femme qu'il avait appelée maman pendant quelques années. Les souvenirs flous qu'il avait d'elle se résumaient à la voir ivre ou plongée dans une étrange léthargie, gémissant, criant ou terrorisant son entourage – certainement rien de très intéressant, en tout cas. Et pourtant… Il se remémora la dernière fois qu'il l'avait vue. Elle jetait des vêtements dans une valise, sans même le regarder. Il avait huit ans et l'avait suppliée en pleurant de ne pas le laisser…

— Elle est partie quand j'avais huit ans, répondit-il d'un ton sec. Je ne me souviens pas beaucoup d'elle.

— Partie ?

Voyant la pitié dans le regard de Liane, il se figea. Pourquoi lui faisait-il de telles confidences ? Ils s'étaient confiés l'un à l'autre un peu à contrecœur, comme s'ils s'étaient sentis obligés de partager des secrets inavouables. Il ne savait pas pourquoi il réagissait ainsi avec elle, pourquoi elle l'affectait autant. C'était effrayant, enivrant. Et cela devait cesser.

— Oui, éluda-t-il, décidant de mettre fin à la conversation. Puis elle est morte quand j'avais onze ans.

— Je suis désolée.

— Je suis passé à autre chose, dit-il, haussant les épaules.

— Je suis quand même désolée, comme je le serais pour n'importe quel petit garçon qui a perdu sa mère. Ella a perdu sa mère quand elle n'était encore qu'un bébé. Le saviez-vous ?

— Ce n'est pas un sujet que nous avons abordé.

Leur conversation était restée légère, conformément à leur souhait à tous les deux. Et voilà qu'il dévoilait ses secrets à Liane. Cela n'avait pas de *sens*… et pourtant, si.

— C'est quelque chose que vous avez en commun.

Elle parlait comme si elle se remémorait quelque chose, et Alessandro n'était pas certain d'aimer cela. Il ne voulait pas penser à Ella en ce moment. Liane retourna dans la chambre, sa silhouette svelte passant gracieusement devant le lit, et l'espace d'un instant Alessandro l'imagina allongée, ses longs cheveux blond pâle étalés sur les draps de soie, ses yeux langoureux, son corps…

Arrivée à la porte, Liane se tourna vers lui.

— Ella va se demander où nous sommes, dit-elle posément, comme si elle voulait l'avertir de quelque chose.

Secouant la tête pour chasser ces pensées interdites, Alessandro la suivit.

5.

— N'est-ce pas *merveilleux* ?

Bras tendus et cheveux au vent, Ella tournoyait sur elle-même dans la chambre d'hôtel.

— Je n'ai jamais vu une chambre aussi belle.

— Les hôtels Rossi sont censés être la quintessence de l'élégance et du luxe, lui rappela Liane en riant.

Même si elle ne dansait pas dans la pièce comme une ballerine, elle était elle aussi très impressionnée par la somptueuse suite qui leur avait été attribuée – un salon bordé d'une immense terrasse, une salle à manger et une cuisine, et deux magnifiques chambres avec baignoire encastrée et douche en cascade.

— J'ai l'impression de vivre un rêve. Pince-moi, ajouta Ella en tendant le bras.

— D'accord, répondit Liane en riant, avant de lui pincer le bras.

Ella émit un cri aigu.

— Je ne t'ai même pas fait mal ! protesta Liane.

Elle s'avança vers la terrasse qui surplombait les boulevards bordés de palmiers de Los Angeles et l'océan Pacifique au loin, puis posa les mains sur la rambarde en fer forgé pour inhaler l'air chaud et sec, si différent de celui, moite, des étés new-yorkais.

— Tu n'es pas en colère contre moi, n'est-ce pas ? lui demanda Ella en la rejoignant sur la terrasse.

— En colère ? s'étonna Liane. Non, bien sûr que non. Pourquoi crois-tu une chose pareille ?

Elle n'était jamais en colère contre Ella, mais elle la sentait inquiète.

— Je ne sais pas. Tu sembles un peu distante depuis que nous avons quitté l'avion.

— Vraiment ? s'étonna Liane, se forçant à sourire. Je suis simplement fatiguée. Tout s'est passé si vite que j'en ai le tournis.

Ce n'était pas faux, même s'il y avait d'autres raisons à son silence. La conversation qu'elle avait eue dans l'avion avec Alessandro l'avait déstabilisée. Elle ne savait pas pourquoi il avait passé tant de temps à discuter avec elle, ou si elle avait imaginé le courant sensuel entre eux. Lorsqu'il avait posé sa main dans le creux de son dos, ses sens s'étaient réveillés, son corps tout entier avait vibré de désir. Cela l'avait bouleversée de ressentir une telle passion. Il n'avait fait que l'effleurer, pourtant !

Mais il ne ressentait sûrement pas la même chose. Même s'il avait flirté avec elle, et elle n'était pas du tout certaine que ce soit le cas, cela n'aurait été rien d'autre pour lui qu'un jeu, un moyen de passer le temps. Sauf qu'il ne paraissait pas être le genre d'homme à s'amuser aux dépens des autres. De son propre aveu, il était un solitaire, presque un reclus, qui préférait de loin le travail et la solitude aux soirées mondaines. Pourquoi donc la taquiner ainsi ? Ou avait-elle simplement tout imaginé en voyant dans ses gestes autre chose que de la sollicitude ? Mais alors pourquoi lui poser toutes ces questions sur elle et sur sa famille ? C'était comme s'il avait voulu apprendre à mieux la connaître et se souciait d'elle. Si seulement elle pouvait cesser de penser à lui et d'interpréter la moindre de ses réactions !

— Oui, je sais ce que tu veux dire, approuva Ella, ramenant Liane au présent. Mais quelle aventure ! J'espère que tu ne regrettes pas d'être venue avec moi ? Tu sais bien que je n'aurais pas pu entreprendre ce voyage sans toi.

— Pas du tout, et toi ? Je ne veux pas te mettre de bâtons dans les roues avec Alessandro.

— Ah oui, Alessandro... Il est presque *trop* beau, non ? Sombre et intimidant. Pour tout te dire, je ne sais pas s'il me fait peur ou s'il m'ennuie. Un peu des deux, je pense. Vous êtes restés longtemps seuls durant le vol, ajouta-t-elle, plissant les yeux d'un air soupçonneux. Que faisiez-vous ?

— Il me faisait juste visiter l'avion, répondit nerveusement Liane. Il voulait jouer les hôtes charmants, je suppose.

— Charmants..., répéta Ella d'un air songeur, avant de saisir son portable. Pour la publication d'aujourd'hui, j'ai pensé faire un petit reportage photo sur notre voyage. J'ai pris une photo dans l'avion où je regardais par le hublot et j'en ferai une autre de moi m'apprêtant pour le bal. Puis je prendrai un cliché de la salle de bal avec Alessandro qui se morfondra en arrière-plan. Je ne veux pas trop en révéler. Il est préférable de laisser les gens dans l'incertitude. Qu'en penses-tu ?

Liane baissa les yeux sur la jolie photo du ciel bleu prise dans l'avion, puis sur celle d'Alessandro, la tête penchée sur une pile de papiers, l'air effectivement soucieux.

— Je les trouve superbes, réussit-elle à dire, faisant de son mieux pour réprimer cette ridicule sensation de jalousie. Mais l'important est l'opinion d'Alessandro.

— Malheureusement ! répondit Ella en soupirant. Dire qu'il n'est même pas sur les réseaux sociaux !

— Moi non plus, lui rappela Liane.

En tant que professeure, on lui avait déconseillé d'ouvrir un compte, et de toute façon elle n'était pas intéressée par ce monde superficiel.

— Vous êtes parfaits l'un pour l'autre, dit Ella en lui jetant un regard acéré. Deux ringards !

— C'est donc comme ça que tu me vois ?

Liane essaya de paraître amusée, mais elle se sentit un peu blessée. Ella la trouvait-elle vraiment si ennuyeuse, si démodée ? *L'était*-elle ? Quant à considérer Alessandro et elle bien assortis... Ella avait sûrement voulu plaisanter.

— Mais non, et tu le sais bien. Allez viens, allons choisir nos robes pour le bal de ce soir ! Alonso a un ami styliste qui vit à Los Angeles, et il nous a envoyé une demi-douzaine de robes parmi lesquelles choisir. Nous serons superbes, je te le promets. Alessandro ne nous quittera pas des yeux.

Affichant un sourire contraint, Liane se laissa emporter par l'enthousiasme de sa sœur et se força à réprimer la peine que ses commentaires lui avaient causée.

Les robes avaient été livrées dans la chambre d'Ella, et elle les sortit l'une après l'autre de leur housse avec moult exclamations admiratives.

— Ne sont-elles pas magnifiques ? Tu serais superbe dans la robe vert émeraude, Liane. Essaye-la.

— Je ne crois pas, non...

Ella pouvait porter une robe échancrée jusqu'au nombril et fendue jusqu'à mi-cuisse, mais certainement pas elle. Qui plus est, elle n'en avait pas la moindre intention.

— Allez, supplia Ella. Tu serais époustouflante, Liane ! Tu as une très jolie silhouette quand tu décides de la mettre en valeur. Ne sois pas si vieux jeu !

Elle était vieux jeu, maintenant ! Quelle importance, après tout ? Elle ne serait jamais comme Ella – drôle et insouciante, et attirant à elle les gens comme le miel les abeilles. Pourquoi même essayer ?

— Je mettrai la robe que j'ai apportée, dit-elle d'un ton ferme. Elle est tout à fait de circonstance.

— Tu ne parles tout de même pas de ce torchon bleu qui appartenait à ta mère ? s'écria Ella, horrifiée. Tu ne *peux pas* porter ça, Liane. Tu aurais l'air d'une vieille fille. Nous sommes invitées à un bal à L.A., quand même !

— Et alors ? s'insurgea Liane. C'est la seule robe que j'aie.

Elle n'avait pas vraiment voulu mettre cette tenue ; elle l'avait seulement prise au cas où, mais son côté entêté lui fit relever le menton.

— Et la robe violette que je t'ai prêtée ?

— J'ai dû la rendre, comme tu le sais.

Elles ne pouvaient conserver aucune de ces magnifiques toilettes. Tout dans cette vie était mirage, et il serait bon qu'elle s'en souvienne.

— Cette robe m'ira très bien, Ella. Ce n'est pas moi qui serai sur les photos publicitaires, mais toi. Je n'ai absolument pas besoin d'aller au bal.

— Pas besoin d'y aller ? s'écria Ella, bouche bée. Bien sûr que tu vas y aller ! J'ai besoin de toi.

— Tu n'avais pas besoin de moi la dernière fois, lui rappela-t-elle. Je t'ai à peine vue de toute la soirée.

— La situation est différente. Les gens prendront des photos… Ils seront plus attentionnés, cette fois. Je risque de faire une bêtise. Tu sais comment je suis, dit Ella en lui prenant la main. S'il te plaît, Liane…

Liane ne put s'empêcher de s'adoucir.

— Ne t'inquiète pas, je viendrai, promit-elle.

Elle irait, même si elle n'en avait pas envie. Ou plutôt n'en *avait* plus envie, même si elle ne savait pas vraiment pourquoi. Était-ce à cause des observations irréfléchies d'Ella ou parce qu'elle était fatiguée de son rôle de soutien ? Ella serait inévitablement placée à côté d'Alessandro. Elle bavarderait, rirait, et ferait tout pour qu'il tombe amoureux d'elle. Et elle, où serait-elle ? Debout dans un coin, comme d'habitude. Mais au moins elle ne serait pas vêtue d'une de ces fabuleuses robes, comme si elle voulait passer pour une des stars du bal, ce qu'elle n'était évidemment pas. Inspirer la compassion était bien la dernière chose qu'elle voulait. Si elle devait faire tapisserie, décida Liane, autant jouer son rôle à la perfection.

Une autre soirée, un autre bal, songea Alessandro, dépité. Cela ne servait à rien de regarder l'heure car la soirée n'avait même pas commencé et, s'il voulait que la publicité marche, il allait devoir rester plus longtemps que les quinze minutes habituelles. Le regard tourné vers les portes de la salle de bal de l'hôtel Rossi de Los Angeles – un édifice moderne fait de verre et d'acier, mais qui offrait le luxe et l'élégance du vieux monde –, Alessandro but une gorgée de champagne. Où donc était Ella ? Et Liane ? se demanda-t-il avec impatience.

Il n'avait vu ni l'une ni l'autre depuis leur arrivée à l'hôtel. Il avait fait de son mieux pour se concentrer sur ses réunions avec la direction, mais son esprit n'arrêtait pas de vagabonder. Il ne pensait pas à Ella, qui n'avait pas cessé de parler durant le trajet entre l'aéroport et l'hôtel, s'extasiant sur le ciel bleu, les palmiers et les youtubeurs qui rôdaient à chaque coin de rue, mais à Liane, qui avait gardé le visage tourné vers la vitre teintée de la limousine.

Elle ne l'avait pas regardé une seule fois, ce qui l'avait profondément agacé. Il ne voulait pas être déstabilisé par quiconque, et sûrement pas par une petite souris comme Liane Blanchard. Sauf qu'elle *n'était pas* une petite souris, même si, parfois, elle donnait l'impression de vouloir l'être. Pourquoi diable le touchait-elle autant, sans même le vouloir ? Pourquoi se souciait-il de ce qu'elle pensait et de ce qu'elle ressentait ? Pourquoi se souvenait-il de la nuance exacte de ses prunelles, du petit grain de beauté au coin de ses lèvres ?

Tout cela était ridicule. Il était ici pour accomplir un travail avant de retourner à Rome et à ses affaires. La dernière chose dont il avait besoin était d'être distrait par une femme dont les yeux lavande ne cessaient de le hanter.

— Alessandro !

En entendant la voix musicale d'Ella, il se retourna.

Elle était époustouflante, et pourtant son regard s'était déjà porté vers le couloir, derrière elle.

— Où est Liane ?

— Elle est en train de se préparer, mais je ne voulais pas être en retard. Je dois prendre des clichés de la salle de bal. Regardez !

Elle lui tendit son téléphone, mais Alessandro prit à peine le temps de jeter un œil aux photos qu'elle avait prises.

— Vous approuvez donc la publication ? demanda Ella en glissant son portable dans son minuscule sac à main perlé. Si tant est que vous vous en souciiez ?

Son éclat de rire lui fit lever les yeux.

— Oui, j'approuve.

— Ah, c'est bien. Et moi qui croyais que vous me diriez comment faire mon travail ! lança-t-elle en l'examinant attentivement. J'ai l'impression que vous vous moquez de tout cela. Ou de moi.

— Je laisse l'experte en réseaux sociaux que vous êtes gérer cela au mieux. N'était-ce pas ce que nous avions décidé ?

Il jeta un regard par-dessus son épaule. Les invités commençaient à arriver, des serveurs circulaient, portant des plateaux avec des flûtes de champagne et des canapés, l'orchestre entonnait son premier morceau.

Où diable est-elle ?

Prenant le bras d'Ella, il sourit à un entrepreneur, rencontré quelques mois plus tôt, et à sa dernière conquête, une starlette hollywoodienne qui commençait déjà à se répandre en compliments. Cette soirée serait longue, devina-t-il.

Une heure passa, chaque minute lui paraissant plus longue que la précédente. Ella, en revanche, était en pleine forme. Elle bavardait, riait, et paradait devant les objectifs, pendant qu'Alessandro faisait de son mieux pour dissimuler son ennui. Il n'avait toujours pas vu Liane, et Ella dut remarquer sa nervosité car, au moment où elle prenait un deuxième verre de champagne présenté par un serveur, elle lui fit une remarque.

— Je l'ai vue sortir sur la terrasse, si vous la cherchez.

— Chercher qui ? s'enquit-il.

Ella leva les yeux au ciel.

— Liane, bien sûr ! Vous l'avez cherchée du regard toute la soirée. Heureusement que je ne suis pas jalouse !

Son sourire était amusé, mais elle le dévisageait d'un regard curieux.

— Je ne la cherchais pas, répondit Alessandro froidement. Je me demandais juste où elle était.

— Eh bien, maintenant vous savez ! riposta Ella en levant son verre pour porter un toast. Rien ne vous empêche d'aller la retrouver. Et maintenant, je vais aller briller en société !

Là-dessus, elle commença à s'éloigner.

— Bon courage dans votre recherche, ajouta-t-elle par-dessus son épaule.

Il n'irait pas rejoindre Liane sur la terrasse. Ce n'était pas utile. Il se mêlerait encore quelques minutes aux invités, puis il retournerait dans sa suite pour travailler, décida Alessandro en marchant vers les baies vitrées qui ouvraient sur la grande terrasse surplombant Beverly Hills, désormais plongée dans l'obscurité. Il observa les groupes qui bavardaient, mais ne vit pas Liane parmi eux. Il ne la *cherchait* pas vraiment, se dit-il en flânant au milieu des invités, saluant et bavardant comme son rôle l'exigeait.

Puis il l'aperçut dans un coin reculé de la terrasse, debout devant la balustrade, le regard tourné vers la ville, ses cheveux blonds volant dans la brise.

— Pourquoi vous cachez-vous ? s'enquit-il.

Elle se tourna vers lui, surprise par son ton véhément.

— Je ne me cache pas. Je voulais juste prendre l'air.

Son attitude le toucha. Il n'aimait pas l'idée de la voir

passer toute la soirée à se cacher, et pourquoi ? Pour ne pas gêner Ella ?

— Vous êtes ici depuis un moment, je pense. Je ne vous ai pas vue du tout dans la salle de bal.

Elle releva le menton et le regarda, les yeux flamboyants.

— Vous me cherchiez ? dit-elle, incrédule.

— Je me demandais juste où vous étiez.

— Vous le savez maintenant, dit-elle en haussant les épaules.

Ils s'affrontèrent du regard. Pourquoi se disputaient-ils ? Ils étaient tous les deux sur la défensive, et il ne savait pas pourquoi. Il se sentait déstabilisé par sa seule présence. Il ferait mieux de tourner les talons et de s'en aller, mais pour une raison étrange il n'en fit rien.

—Vous êtes autant à votre place qu'Ella à ce bal, dit-il d'un ton mesuré.

Mais Liane lui adressa un regard sceptique.

— Je ne le crois pas et je ne le souhaite pas… Et puis, ajouta-t-elle en se forçant à rire, mes chaussures étaient peut-être ridicules, mais cette robe l'est encore plus. Elle est même carrément affreuse.

Il baissa les yeux sur sa robe et dut bien admettre qu'elle laissait à désirer.

— Elle n'est certes pas à la dernière mode, concéda-t-il, mais, si vous ne l'aimez pas, pourquoi la portez-vous ?

Elle laissa échapper un petit rire, puis reporta son attention sur la vue, ses mains fines posées sur la balustrade.

— Je ne sais pas trop.

— Vous n'en avez pas d'autre ? Ella m'a pourtant assuré que votre garde-robe était bien garnie.

— *Sa* garde-robe. J'aurais pu, il est vrai, mettre une des robes de son ami styliste, mais elles étaient trop décolletées.

Le désir terrassa Alessandro à cette pensée, mais il garda une expression neutre.

— Si vous n'avez pas de tenue adéquate, nous devons

en acheter une. Nous irons faire du shopping demain, avant notre départ pour Londres.

Elle se tourna vers lui, les yeux écarquillés.

— Il n'en est pas question !

— Pourquoi donc ? s'étonna Alessandro. Nous avons le temps, et vous devez être convenablement vêtue.

Par ailleurs, il voulait passer du temps avec elle. Lui acheter de jolies choses. *La voir dedans…*

— Très bien, se défendit Liane en redressant le menton. J'irai moi-même.

Cette idée ne plut pas à Alessandro.

— Sûrement pas. Vous ne connaissez pas la ville et ses boutiques et, comme c'est moi qui vous ai invitée à faire ce voyage, il est de ma responsabilité de m'assurer que vous ayez tout ce dont vous avez besoin. Nous irons donc ensemble.

Elle le dévisagea longuement.

— N'ayez pas pitié de moi, finit-elle par dire.

— Pardon ? Pourquoi aurais-je pitié de vous ?

Liane se contenta de secouer la tête.

— Je ne suis peut-être pas aussi belle et glamour qu'Ella, mais je refuse d'être prise en pitié.

Lorsqu'elle voulut s'éloigner, il lui saisit le bras.

— Je n'ai pas pitié de vous, Liane. Au contraire…

Il hésita, peu désireux de révéler ses sentiments. Il ignorait lui-même ce qu'il ressentait et refusait d'approfondir la question. Il savait seulement une chose : il voulait l'avoir près de lui.

— Ella m'épuise un peu, avec ses éclats de rire et son bavardage sans fin. En toute franchise, je préfère moi aussi être sur la terrasse.

Avec vous, faillit-il dire, mais il ravala ses mots. Il n'était pas près de l'avouer, pas même à lui-même. Ce n'était pas comme s'il avait *besoin* d'elle… ou de quiconque.

Un léger sourire flotta sur les lèvres de Liane, et ce fut Alessandro qui rompit le silence.

— Bon, pour demain, je vous attendrai dans l'entrée à 10 heures. Nous aurons quelques heures devant nous avant notre départ pour Londres.

— Et Ella ? Devrait-elle venir aussi ?

C'est là qu'il se rendit compte qu'il ne voulait pas qu'Ella les accompagne. Il s'imaginait une journée en tête à tête avec Liane.

— Elle peut bien sûr nous accompagner si elle a besoin de nouvelles tenues, finit-il par répondre.

Que pouvait-il dire d'autre ? Et c'était peut-être mieux qu'Ella les accompagne. Ses sentiments pour Liane Blanchard lui paraissaient déjà bien assez compliqués. Il se comportait d'une façon qui ne lui ressemblait pas, disant et faisant des choses qu'il ne faisait pas d'habitude – et tout ça à cause de cette femme séduisante. Cette situation le mettait mal à l'aise, et il n'avait pas l'intention d'explorer la fascination qu'il avait pour elle.

Malgré tout, il attendait demain avec impatience.

6.

— Où est Ella ? s'enquit Alessandro, les sourcils froncés.

La question fit s'arrêter un instant Liane, tandis qu'elle se dirigeait vers l'entrée de l'hôtel où l'attendait Alessandro, toujours aussi séduisant dans un costume bleu marine, ses cheveux noirs et courts encore mouillés après sa douche.

— Elle a décidé de faire la grasse matinée.

Liane s'efforça de garder un ton léger malgré sa nervosité croissante. Elle s'était attendue à ce qu'Ella l'accompagne et lui serve de chaperon.

Mais voilà qu'Alessandro l'étudiait avec le même regard critique que la veille, comme si elle n'était rien d'autre qu'un problème à régler, lui donnant envie de disparaître sous terre. La joie qu'elle avait ressentie dans l'avion lorsqu'ils avaient bavardé ensemble lui semblait désormais surréaliste. Elle avait dû imaginer ces étincelles, entre eux.

Maintenant, debout devant lui, elle sentait tout le poids de sa désapprobation ou peut-être de son indifférence.

— Très bien, finit-il par dire. Ma voiture nous attend.

Liane le suivit en silence jusqu'à la limousine. En véritable gentleman, Alessandro lui ouvrit la portière et, après l'avoir remercié, elle se glissa à l'intérieur. Alessandro la rejoignit et se mit aussitôt à envoyer des messages sur son portable. Tournée vers la vitre, elle regarda les palmiers et les bâtiments en stuc rose qui défilaient sous ses yeux, tandis qu'ils roulaient en silence.

Il ne leur fallut que quelques minutes pour arriver devant ce qui lui parut une des plus jolies boutiques de Beverly Hills.

— Pourquoi n'y a-t-il personne à part nous ? demanda-t-elle, baissant la voix quand une femme élégante, vêtue d'une jupe droite et d'un corsage en soie, les fit entrer.

L'endroit avait étonnamment peu de vêtements, seulement quelques tenues drapées sur des mannequins ou des cintres, les murs étaient tapissés de soie et quelques chaises en velours étaient disséminées ici et là. Même l'air ambiant paraissait coûteux, une senteur subtile de bergamote et de vanille.

— Parce que j'ai demandé que nous soyons seuls.

Alessandro disait cela comme si c'était quelque chose de normal. Liane ne put s'empêcher de remarquer combien leurs vies étaient différentes, et fut encore plus certaine d'avoir imaginé une quelconque étincelle entre eux. Pourquoi un homme aussi fortuné et puissant que lui s'intéresserait à quelqu'un d'aussi insignifiant qu'elle ?

— Elle a besoin d'au moins trois robes de soirée, dit-il à la vendeuse qui se tenait tout près d'eux.

— Pas du tout ! protesta Liane.

Elle n'avait jamais eu autant de robes.

Alessandro lui jeta un regard interrogateur.

— Il nous reste trois soirées. Il vous faut une tenue pour chacune d'elles.

— Je peux porter la même…

— Les réseaux sociaux dont votre sœur est si friande commencent déjà à faire ce qu'ils sont supposés faire. Vous risquez fort bien de vous trouver à la une d'un magazine et vous ne voudriez pas être vue portant deux fois la même tenue, conclut-il en se tournant vers la vendeuse.

— Qu'entendez-vous par là ?

— Certains journaux ont récupéré l'affaire. J'ai déjà reçu une demande pour présenter l'hôtel de New York dans un magazine de déco, et le responsable de l'hôtel m'a dit que les réservations étaient à la hausse.

— C'est… merveilleux ! s'écria-t-elle, étudiant son visage aux traits sévères. N'est-ce pas ?

— Bien sûr. Maintenant, allez-vous essayer des tenues ? demanda-t-il en se tournant vers la vendeuse qui se redressa.

— Oui, bien sûr, monsieur Rossi. J'ai déjà sélectionné plusieurs robes pour mademoiselle…

— Blanchard, dit-il d'un ton sec en indiquant de la main la cabine d'essayage qui était presque aussi grande que la chambre de Liane à New York. Alors, c'est parti !

Liane s'enferma dans la cabine d'essayage. Pourquoi se montrait-il si pressé ? Cela avait été l'idée d'Alessandro, après tout, pas la sienne. L'espace d'un instant, elle avait presque cru qu'il apprécierait de faire du shopping avec elle, mais elle se rendait compte maintenant combien cette idée était ridicule, tout comme ses stupides idées romantiques.

Les doigts tremblants, elle défit les boutons de son chemisier, tandis que la vendeuse attendait, tenant sous le bras une robe en soie de couleur aigue-marine. Elle n'était pas seulement agacée ou en colère, songea Liane en enfilant la tenue, elle était également *blessée*. Leur conversation dans l'avion avait été anodine, même si une partie d'elle avait cru – ou espéré – qu'Alessandro s'intéressait à elle. Elle savait maintenant que ce n'était pas le cas. Elle avait tout imaginé. Il ne lui avait accordé son attention que parce qu'il avait eu pitié d'elle. À cette pensée, elle sentit sa gorge se nouer. Elle était peut-être effacée, mais elle refusait d'être prise en pitié.

— Alors ? l'interpella Alessandro. Voyons cela…

Liane regarda à peine son reflet dans le miroir.

— C'est parfait !

Elle n'avait pas l'intention de parader devant lui. Cette matinée était suffisamment atroce comme ça.

— Je veux voir ce que j'achète.

— D'accord, s'écria-t-elle en ouvrant la porte à la volée et en le fusillant du regard, les mains sur les hanches. Satisfait ?

Le souffle court, elle croisa son regard… et vit le désir luire dans ses yeux.

— Je ne dirais pas que je suis *satisfait*, dit-il posément.

Liane se figea devant le sous-entendu. Était-ce encore de la pitié de sa part ? Elle ne le supporterait pas.

— Mais cette tenue vous convient ?

La robe était de style grec et la recouvrait du cou aux chevilles, mais sous le regard scrutateur d'Alessandro elle se sentit nue. Ce n'était pas une sensation désagréable. Loin de là, même. Mais plus il l'examinait, plus son corps la brûlait aux endroits où son regard s'attardait. Elle avait les nerfs à fleur de peau, et une douce chaleur se répandait au plus profond de son intimité. Pourquoi la regardait-il ainsi ? Jouait-il avec elle ou était-il sincère ? Cet homme était décidément *insupportable*.

— Parfaitement.

Elle finit par détourner la tête.

— Très bien. Je vais donc prendre celle-ci et je vous en remercie, mais rien d'autre.

— Mais…

— Non, dit-elle fermement. Seulement celle-ci.

Elle avait ses limites. Lorsqu'elle le regarda à nouveau, elle vit que son regard incandescent s'était mué en une expression pensive.

— Je n'ai pas besoin que vous m'achetiez des vêtements, insista-t-elle. Et je ne veux pas de votre pitié.

— Vous n'allez pas recommencer…

— Je ne prendrai que cette robe, insista-t-elle, avant de retourner dans la cabine, le cœur battant à se rompre.

S'il avait agi par pitié, elle ne voulait plus rien accepter de sa part. Elle avait été claire là-dessus, au moins.

Elle tendit la main pour dégrafer la robe et, comme

elle n'y parvenait pas, elle arqua le dos et étira le bras au maximum sans réussir à atteindre la fermeture.

Zut ! Elle ouvrit la porte à contrecœur et croisa le regard d'Alessandro qui levait les yeux de son portable.

— Où est la vendeuse ? s'enquit-elle.

— À la caisse. Pourquoi ?

— Je n'arrive pas à défaire la fermeture de ma robe, admit-elle. J'espérais qu'elle pourrait m'aider.

Alessandro se leva d'un mouvement fluide.

— Laissez-moi vous aider.

C'était exactement ce qu'elle ne voulait pas. Elle prit une profonde inspiration et hocha la tête, déterminée à ne pas lui montrer sa réticence.

— Merci.

Elle se retourna et retint sa respiration lorsqu'elle sentit les doigts d'Alessandro effleurer sa nuque.

— Est-ce que cela suffit ?

Son souffle balayait son cou, et elle dut se retenir pour ne pas tressaillir, tandis qu'une langueur irrésistible se diffusait en elle, la faisant presque vaciller.

— Oui, je crois.

Elle s'écarta d'un pas incertain et se retournait quand la robe glissa sur ses épaules. Paniquée, elle posa les mains sur sa poitrine pour retenir le vêtement.

Elle nota la lueur d'intérêt dans le regard d'Alessandro. Haletante, elle le vit s'approcher, le regard toujours rivé sur elle. Il tendit la main vers sa hanche et effleura le creux de sa taille, comme pour l'empêcher de tanguer. Un frémissement lui échappa lorsqu'il inclina la tête vers elle. Elle ferma les yeux et huma son odeur masculine.

Allait-il vraiment l'embrasser ?

Le son de claquements de talons se fit soudain entendre.

— Monsieur Rossi ? dit la vendeuse, avant de s'arrêter net en les voyant si proches l'un de l'autre. Oh…

Horrifiée, Liane se réfugia dans la cabine d'essayage.

Après avoir remercié la vendeuse, Alessandro retourna s'asseoir sur le canapé et glissa les mains dans ses cheveux, tandis qu'il essayait de refréner le désir qui le tenaillait. Ses doigts l'avaient picoté lorsqu'il avait touché Liane. Ses lèvres l'avaient brûlé comme s'il avait déjà goûté sa douceur et le feu qui couvait en elle.

Il avait été à deux doigts de l'embrasser.

Dès l'instant où il avait posé les yeux sur elle, il avait dû lutter contre cette incoercible attirance. Aujourd'hui, il avait essayé de cacher son désir en se montrant particulièrement sec. Hier soir, il s'en était voulu d'avoir insisté pour l'emmener faire du shopping, bon sang…

Que lui arrivait-il ? Pourquoi cette femme le troublait-elle autant et lui faisait faire et dire des choses qu'il ne faisait d'habitude jamais ? Il prônait la maîtrise de soi, la retenue, la prudence – contrairement à son père. Perdre la tête et son cœur pour une femme était bien la dernière chose qu'il voulait.

La porte de la cabine d'essayage s'ouvrit, laissant apparaître Liane, vêtue de sa jupe et de son petit haut ordinaire.

— Merci pour la robe, dit-elle en voyant la vendeuse s'approcher, tenant la toilette dans sa housse. Nous devrions rentrer à l'hôtel, maintenant.

— Allons d'abord déjeuner ! dit-il spontanément.

— Je peux déjeuner dans ma chambre.

— Il y a un petit bistro près d'ici où je suis déjà allé lors d'un voyage d'affaires. Ils devraient avoir une table de libre.

Liane ne répondit pas, et Alessandro envoya un texto rapide pour confirmer la réservation. Ce ne fut qu'une fois installée dans la limousine, le visage tourné vers la vitre, qu'elle parla.

— Je ne vous comprends pas, dit-elle doucement.

— Qu'y a-t-il à comprendre ? Nous avons faim et nous allons déjeuner, dit-il, déterminé à rendre les choses simples et à ne pas penser aux émotions qui lui nouaient le ventre.

— Ce n'est pas ce que je voulais dire, et vous le savez très bien, argua-t-elle en se tournant vers lui. N'est-ce pas ?

Alessandro fit de son mieux pour paraître impassible. Il ne voulait pas avoir le genre de conversation que Liane semblait avoir en tête, mais il l'admirait pour sa persévérance.

— Je ne sais pas de quoi vous parlez.

— Vous soufflez le chaud et le froid, répondit-elle avec dignité. Au début, je pensais que je m'imaginais des choses. J'en étais même sûre car je pensais que vous ne me regarderiez même pas, surtout avec Ella dans les parages.

— Qu'est-ce que cela a à voir avec Ella ?

Liane haussa les épaules.

— Elle est jolie, charmante, drôle et charismatique. Bref, tout ce que je ne suis pas.

— Ce n'est pas vrai.

— Je ne cherche pas les compliments, coupa-t-elle. Je dis juste que je ne sais pas jouer à ces petits jeux.

Il était agacé, même s'il devait reconnaître la véracité de ses propos. Mais il ne jouait pas à ces petits jeux, lui non plus.

— Je ne…, commença-t-il, avant de se taire.

— Peu importe. Vous m'avez parlé dans l'avion comme si… Puis dans la cabine d'essayage, j'ai cru un instant que… que vous alliez m'embrasser. Mais ce matin, vous paraissiez en colère. Je sais que je suis sans doute naïve, mais vous me faites tourner la tête, et cela n'est pas bien. Je ne sais pas si vous m'accordez de l'attention par pitié mais, quoi qu'il en soit, je n'en veux pas. Donc, si cela ne vous dérange pas, pouvez-vous recommencer à m'ignorer comme avant ? C'est beaucoup plus facile pour moi.

Alessandro demeura silencieux, choqué et gêné par ce discours trop solennel. Il lui avait effectivement envoyé des signaux contradictoires, parce qu'il se sentait en conflit avec lui-même. Il ne voulait pas avoir de sentiments pour elle… et pourtant c'était le cas. C'était indéniable et agaçant. C'était trop risqué.

La limousine s'arrêta devant le bistro où Alessandro avait réservé une table, et ni l'un ni l'autre ne parla, tandis qu'il aidait Liane à sortir du véhicule.

— Vous avez raison, dit-il finalement lorsqu'ils furent assis dans un recoin discret de la salle, les menus à la main.

Elle méritait qu'il se montre honnête envers elle.

— Je suis désolé. J'ai des sentiments mêlés.

— À propos de moi ? Étrangement, cela ne me remonte pas vraiment le moral, rétorqua-t-elle en faisant la moue.

— Vous m'attirez. Mais je ne veux pas l'être. Et cela n'a rien à voir avec vous.

Elle écarquilla les yeux et le dévisagea bouche bée. Il aimait bien la rougeur qui lui brûlait les joues. Elle baissa les yeux sur son menu pour cacher son expression, devina-t-il.

— Vraiment ?

— Comment pourriez-vous croire le contraire ?

— Je ne suis pas du genre à… faire tourner les têtes.

Lorsqu'elle releva les yeux et s'efforça de sourire, le cœur d'Alessandro se serra. Pourquoi avait-elle si peu d'estime pour elle-même ? Avait-elle vécu trop longtemps dans l'ombre d'Ella ou y avait-il autre chose qui la faisait douter d'elle-même ? Il détestait l'idée qu'elle se voie de cette façon, mais hélas il ne pouvait pas l'aider.

— Il ne s'agit pas de vous, Liane, mais de moi. Je ne souhaite pas avoir de relation amoureuse avec qui que ce soit. Si je vous ai envoyé des signaux contradictoires, c'est pour cette raison.

Elle le dévisagea longuement, la tête inclinée de côté.

— Et pourquoi n'en voulez-vous pas ?

— Parce que j'ai vu les dégâts que cela peut produire. Les cœurs brisés et les vies gâchées n'ont aucun intérêt pour moi, et les mariages réussis n'existent que dans les contes de fées. Vous m'avez d'ailleurs dit que vous ne croyiez pas aux contes de fées, lui rappela-t-il, même si je soupçonne que vous y croyez tout de même. Mais pas moi.

S'il avait espéré clore ainsi la conversation, il se trompait.

— Vous n'avez pas besoin de croire aux contes de fées pour avoir une relation sentimentale, souligna Liane. Non pas que ce soit ce que je suggère. Je voulais juste faire valoir mon point de vue. Votre opinion est un peu extrême, je trouve.

— Je parlais de tomber amoureux, expliqua-t-il. Je ne souhaite pas aimer quelqu'un et être aimé en retour.

Et risquer de blesser ou d'être blessé. Il l'avait vu avec ses parents – le cycle sans fin du désespoir et de la futilité. Il ne voulait pas revivre ça.

— Mais…

Liane le dévisagea, l'air confus, jusqu'à ce qu'elle réalise ce qu'il avait voulu dire.

— Ah, bien sûr. Vous avez eu d'autres genres de… relations, n'est-ce pas ? Des liaisons ?

Alessandro hocha brièvement la tête.

— J'ai eu des petits arrangements agréables dans le passé, admit-il. Mais pour en revenir à l'essentiel de mon propos, je m'excuse de vous avoir envoyé des signaux contradictoires et je suis ravi d'avoir l'occasion de tirer les choses au clair. Nous pouvons maintenant considérer l'affaire comme réglée.

Il garderait désormais ses distances, décida-t-il. Il était contrarié de voir qu'il n'arrivait pas à rester insensible à son charme. Il était donc préférable de l'ignorer totalement, comme elle le lui avait demandé.

Le serveur s'approcha d'eux, et ils passèrent commande, retombant dans un silence gêné dès qu'il s'éloigna.

— Pourquoi pas moi ? demanda Liane d'un ton incertain.

— Comment cela ? répondit-il en haussant les sourcils.

— Pourquoi ne pas conclure avec moi un de vos… petits arrangements ? Jamais je ne vous ai demandé de tomber amoureux de moi. J'ai juste dit que je ne croyais pas aux contes de fées, même si vous ne semblez pas convaincu. Puisque vous avez des aventures sans lendemain, pourquoi ne pas me choisir pour tenir ce rôle ? conclut-elle d'une voix tremblante.

7.

Liane soutint le regard d'Alessandro, qui la dévisageait, bouche bée. Elle avait du mal à croire qu'elle s'était montrée si directe, mais elle était malgré tout heureuse d'avoir osé exprimer sa pensée. Dès l'instant où elle avait posé les yeux sur cet homme, elle n'avait cessé de se fustiger. Comment pouvait-elle penser à lui tout le temps, le laisser la troubler autant, émoustiller ses sens et mettre ses nerfs à vif ?

Croyant qu'elle avait imaginé sa réaction, sa confiance en elle avait été malmenée, puis tout s'était aggravé lorsqu'elle avait cru qu'il la prenait en pitié. Elle commençait toutefois à entrevoir la vérité. Il ne voulait simplement pas d'une aventure d'un soir avec elle. Mais pourquoi ?

— Pourquoi… pourquoi pas vous ? bafouilla-t-il en secouant la tête, comme si la réponse était évidente.

— C'est une question raisonnable, il me semble. Alors dites-moi pourquoi !

Sa voix ne tremblait plus, ce qui était tout à son honneur, mais ses mains si, aussi les cacha-t-elle sous la table. Elle avait du mal à croire qu'elle parlait d'avoir une liaison, d'autant qu'elle n'avait quasiment aucune expérience en la matière.

Il tendit la main vers son verre et but une gorgée d'eau.

— Tout simplement parce que vous n'êtes pas le genre de femme avec qui un homme a une liaison.

Aïe ! Elle lutta pour ne rien montrer de ses sentiments.

— Vraiment ?

— Le voudriez-vous, d'ailleurs ? demanda-t-il, renversant la situation. Pas d'attaches, juste une relation physique, certes agréable, mais qui se terminerait quand je l'aurais décidé ?

La lueur incandescente dans le regard d'Alessandro lui fit baisser les yeux. Elle l'avait défié par dépit dans un moment d'audace, mais elle devait maintenant considérer la question sérieusement, une perspective qui l'angoissait et l'excitait tout à la fois.

Elle ferma les paupières au souvenir de cet instant dans la boutique où il avait failli l'embrasser. Que ressentirait-elle de plus s'il le faisait vraiment ? Si…

— *Liane*. Répondez-moi !

Elle leva les yeux et vit son regard étincelant. *Se pouvait-il qu'il la désire ?* Un sourire entendu ourla ses lèvres, tandis qu'une indicible joie la traversait. Elle ne s'était jamais sentie aussi vivante et ne savait même pas qu'on pouvait ressentir une telle émotion.

— Vous répondre ? Mais je suis toujours en pleine réflexion.

Elle avait du mal à croire qu'elle tenait de tels propos. Elle n'envisageait tout de même pas d'avoir une liaison avec lui ? Une liaison sans attaches, sans âme et sans émotion ? Et pourtant… *quel plaisir* de sortir de l'ombre…

Alessandro laissa échapper un grognement sourd.

— La question était censée être *rhétorique*. Bien sûr que vous ne voulez pas d'une liaison.

— Et pourquoi pas ? Je vous ai déjà dit que je ne croyais pas aux contes de fées.

Elle parlait avec insistance, même si ses paroles sonnaient faux. Elle croyait *bel et bien* aux contes de fées et y avait toujours cru, mais en ce moment elle ne voulait pas y croire. Elle voulait se sentir désirée, désirer elle-même et savoir qu'il brûlait de la même fièvre qu'elle. Ils pourraient ainsi attiser les flammes et enfin assouvir leur passion…

Elle lui lança un regard provocant, mais devant son regard fermé elle hésita.

— Mais vous y croyez, malgré ce que vous prétendez. Vous êtes une femme… faite pour l'amour.

Elle ouvrit la bouche, mais aucun son n'en sortit. Était-ce censé être un compliment ? Cela y ressemblait et pourtant… c'était aussi une façon de la rejeter, réalisa-t-elle, honteuse. Même si elle venait de lui avouer qu'elle était prête à se jeter dans ses bras, Alessandro ne le voulait pas. Il ne le *ferait* pas.

Comment avait-elle pu se montrer aussi stupide ? Comment avait-elle pu croire qu'un homme comme lui voudrait d'une femme effacée, timide et inintéressante ? Elle baissa les yeux, s'efforçant de ne pas rougir ou, pire, de fondre en larmes.

— Cette conversation a un peu dérapé, je crois, dit-il d'un ton léger et amical qui la fit frémir. Pouvons-nous tirer un trait sur tout ça et passer à autre chose – rester bons amis ?

Il lui adressa un sourire bienveillant qui lui donna envie de pleurer. La gorge nouée, elle hocha la tête et se força à lever les yeux pour croiser son regard empli de compassion.

— Oui, cela me semble une bonne idée.

Alessandro parut hésiter et l'étudia de près, comme s'il cherchait des indices, et Liane se prit à espérer qu'elle ne lui en donnerait pas. La dernière chose qu'elle voulait était qu'il ait encore plus pitié d'elle. Se forçant à sourire, elle se renfonça dans son siège en feignant l'indifférence.

— Bien, conclut-il.

Là-dessus, le serveur entra avec leurs plats, et Liane put se concentrer sur la nourriture plutôt que sur la compassion qu'elle avait lue sur le visage d'Alessandro.

Cette conversation ne s'était pas passée comme prévu. Entendre Liane s'offrir à lui de façon si directe avait été surprenant, choquant même, et surtout perturbant.

« Pourquoi pas moi ? »

Pourquoi, effectivement ?

En vérité, il l'imaginait aisément dans ses bras, ses lèvres sur les siennes, son corps souple pressé contre le sien... Toutefois, il pensait ce qu'il avait dit. Toutes ses liaisons avaient été conduites de façon presque professionnelle : deux adultes, prêts à se donner du plaisir.

Mais avoir une aventure avec Liane était... *mal*. Ce n'était certainement pas ce qu'il voulait – étonnamment, d'ailleurs, compte tenu du désir qui le terrassait. Liane n'était pas une femme qu'on utilisait puis abandonnait quand on s'en était lassé, même si elle avait donné son accord.

À la vue de son expression fermée et de ses yeux baissés, tandis qu'elle se concentrait sur son repas, Liane s'accrochait sans doute à l'exaspérante idée qu'il avait pitié d'elle, simplement parce qu'elle n'était pas sa sœur !

Ils réussirent tout de même à retrouver un semblant d'équilibre au cours du repas. Alessandro lui demanda si elle était déjà allée à Londres, ce qui était le cas, puis si elle accepterait de lui montrer quelques sites touristiques de Paris.

— Vous avez dû visiter Paris une bonne douzaine de fois, répondit-elle.

Il lui sourit, désireux de retrouver un peu de leur complicité.

— Oui, mais pas avec une vraie Parisienne.

— J'ai plus vécu à Lyon qu'à Paris, mais pourquoi pas ? Je serais ravie de vous montrer quelques endroits, mais ce voyage me paraît être une visite éclair.

— Nous trouverons sûrement le temps.

Il y veillerait. En vérité, tout se terminait bien. Ils pourraient passer du temps ensemble sans aucun malentendu ni gêne, sachant tous les deux à quoi s'en tenir. Il pourrait la compter comme amie et peut-être l'aider à croire un peu plus en elle. Il était heureux en fin de compte qu'ils aient eu cette conversation, même si elle avait été peu agréable. Elle avait rendu les choses beaucoup plus faciles.

— Où est Liane ?

Alessandro jeta un coup d'œil derrière Ella, où les serveurs préparaient des plateaux de champagne pour le bal de l'hôtel Rossi de Mayfair. Il en avait assez de ces soirées, mais malgré tout il se faisait une joie de voir Liane vêtue de la robe qu'il lui avait achetée – peu importe qu'ils ne soient que des *amis*.

— Elle a décidé de ne pas assister au bal, répondit Ella en haussant les épaules. Le voyage l'a fatiguée, apparemment.

— Elle a eu toute la journée pour récupérer, pourtant.

Ils avaient en effet pris un vol de nuit de Los Angeles à Londres, et il avait proposé la chambre du jet à Liane et à Ella, préférant travailler et se reposer dans le fauteuil inclinable. Ils avaient eu très peu d'occasions de se parler durant le vol, mais Liane lui avait tout de même paru pensive et calme. Avait-elle cherché à l'éviter après leur conversation de la veille ? Pourquoi, alors qu'ils avaient finalement crevé l'abcès ?

Ella haussa un sourcil interrogateur.

— Qu'est-ce que cela peut faire ? Sauf si vous voulez qu'elle apparaisse dans la publication d'aujourd'hui ? Je peux prendre une photo d'elle au lit avec une serviette sur le front et vous à ses côtés, proposa-t-elle en lui souriant d'un air entendu.

— Non, bien sûr que non.

L'idée était ridicule, et de plus il se souciait comme d'une guigne des publications sur les réseaux sociaux, même si elles atteignaient parfaitement leur but.

— Je m'attendais juste à la voir ici, ajouta-t-il.

Vêtue de la robe qu'il lui avait offerte et qui la faisait ressembler à une déesse grecque – Perséphone, peut-être, ou les nymphes, Écho ou Thétis… Seigneur, il devait se ressaisir, et vite !

— Est-elle malade ?

— Je crois qu'elle a un peu mal à la tête. Vous pourriez peut-être aller voir comment elle va avant que le bal ne commence. Elle apprécierait, je pense.

— Ce n'est sûrement pas nécessaire, marmonna-t-il.

Que se passait-il vraiment ? Se cachait-elle encore ou était-elle vraiment souffrante ? Il fronça les sourcils. Ella avait dit qu'elle avait un peu mal à la tête, mais si c'était plus grave que ça ? Était-elle bouleversée ? Il s'était peut-être montré un peu brusque avec elle hier. Il n'avait pas voulu la blesser, mais il n'avait pas eu non plus envie de lui donner de faux espoirs.

Il ferait mieux de vérifier cela par lui-même, décida-t-il. Cela ne lui prendrait pas plus de quelques minutes. Le cœur battant, il traversa l'hôtel à grands pas, ignorant les regards appuyés des invités, puis prit l'ascenseur jusqu'au dernier étage où Liane et Ella résidaient dans une des deux suites royales.

— Liane, l'appela-t-il en tambourinant à la porte. Liane, ouvrez-moi !

— Je viens, je *viens*.

Liane ouvrit la porte à la volée et regarda Alessandro d'un air surpris. Elle portait un T-shirt en jersey qui épousait ses formes et un pantalon de jogging. Une seule tresse blonde tombait sur une épaule, et ses yeux brillaient comme de l'améthyste. Elle était irrésistible.

— Que se passe-t-il ?

— Pourquoi n'êtes-vous pas venue au bal ?

— Parce que je ne suis pas Cendrillon ! riposta-t-elle. De plus, j'ai mal à la tête.

— Mais la robe…

— Je la mettrai à Paris. Vous ne vouliez pas que je porte la même tenue deux fois de suite, dit-elle en secouant la tête d'un air exaspéré. Pourquoi avez-vous l'air si furieux ? Est-ce parce que je n'ai pas obéi à vos ordres ?

Il la dévisagea un instant, décontenancé. Était-il devenu fou ? Pourquoi s'était-il rué dans sa chambre ? Pourquoi était-il si furieux ? Pas contre elle, mais contre *lui-même*. Elle le rendait fou… et c'était sa faute.

— Je… je ne sais pas, admit-il d'un ton incrédule.

Cette attitude ne lui ressemblait tellement pas et était si différente des qualités dont il se targuait : maîtrise de soi, calme et pondération…

— Vous ne *savez pas* ?

En fait, il *savait* très bien. Et tandis que Liane le regardait d'un air troublé, il s'approcha d'elle et la prit dans ses bras, sentant son corps souple et délié contre le sien. Il inclina la tête, ses lèvres à un souffle d'elle, et l'entendit prendre une grande inspiration. Puis, avec un petit soupir, elle entrouvrit les lèvres. Et il l'embrassa.

8.

Il effleura ses lèvres une fois, deux fois, puis les pressa franchement. La douce chaleur qui frémissait en elle explosa en un véritable feu d'artifice tandis qu'il la prenait dans ses bras et plaquait son corps contre le sien.

Ce fut un baiser époustouflant, même si en vérité elle avait peu de points de comparaison. Il la laissa pantelante et désireuse de recommencer. Une grande main captura sa joue, l'autre se glissa sous son T-shirt, et le baiser s'approfondit encore jusqu'à ce que Liane gémisse doucement. Chaque centimètre carré de son corps était vivant, pétillant, incandescent ! Elle l'attira à lui, savourant la sensation de ses épaules puissantes sous ses mains, tandis que les lèvres d'Alessandro se posaient sur son pouls qui battait au creux de son cou. Grisée, elle glissa les mains dans ses cheveux…

Puis Alessandro s'écarta à son tour, la laissant sur sa faim. Comme elle faisait de son mieux pour remettre de l'ordre dans sa tenue et dans ses pensées, elle vit les joues empourprées d'Alessandro et la façon dont ses yeux brillaient.

— Eh bien, dit-il, le souffle court en redressant les épaules, voilà une bonne chose de faite !

Quoi ? L'espace d'un instant, Liane ne put que cligner des yeux, tandis qu'elle luttait pour ne pas éclater d'un rire incrédule. *Une bonne chose de faite ?* Comment pouvait-il dire ça ? Ce baiser l'avait troublée à l'extrême, et le désir était toujours bien présent en elle. Il croyait maintenant pouvoir passer à autre chose comme si leur conversation de la veille avait permis de *mettre les choses au clair* ? Était-il sérieux ? Ou essayait-il juste de se convaincre que cela pouvait arriver, parce qu'il le voulait ?

Elle posa les doigts sur ses lèvres enflées.

— Comment peux-tu dire une chose pareille ? dit-elle d'une voix tremblante, passant soudain au tutoiement.

Alessandro jeta un coup d'œil dans le couloir vide, puis indiqua d'un geste la suite.

— Puis-je entrer ?

— Oui, bien sûr.

Elle le suivit du regard tandis qu'il pénétrait dans le luxueux salon avec ses canapés de velours et ses magnifiques œuvres d'art. Après avoir fermé la porte derrière lui, elle le regarda avec circonspection marcher de long en large dans la pièce, puis s'arrêter soudain et se tourner vers elle. Il avait manifestement pris sa décision, comme en témoignait la lueur d'acier dans son regard.

— Je suis désolé si je t'ai paru déraisonnable. Je me suis comporté d'une façon qui ne me ressemble pas, mais peut-être que nous pourrions voir ce baiser comme une façon de briser la glace. Nous pourrions désormais passer à autre chose… Si c'est ce que tu veux, ajouta-t-il après une hésitation.

Si c'était ce qu'elle voulait ? Était-ce à elle de choisir ?

Liane le dévisagea, perplexe. Elle aurait bien aimé savoir ce que *lui* voulait. Le souvenir de cette étreinte resterait gravé pour toujours dans sa mémoire, dans son corps, dans son cœur. Et cela n'avait été qu'un baiser, pourtant. Nul doute qu'elle aurait été bien plus chamboulée s'il l'avait prise par la main et entraînée dans la chambre, vers ce grand lit drapé de soie, avant de la rejoindre et de la couvrir de son corps…

— Tu n'es pas intéressée par une liaison, et je ne suis pas intéressé par autre chose. Et puis, dans quelques jours, tu seras de retour à New York et moi à Rome, argua-t-il en soutenant son regard. C'est vrai, n'est-ce pas, Liane ?

Elle hésita, plusieurs scénarios lui venant à l'esprit. Elle aurait tant aimé être le genre de femme qui se serait approchée d'Alessandro en ondulant lascivement des hanches, aurait saisi son nœud papillon et l'aurait attiré à elle.

« Ce n'est pas tout à fait vrai », aurait-elle murmuré, avant de l'embrasser.

Ils auraient passé les prochains jours dans une bulle sensuelle qu'elle n'avait jamais connue mais pouvait aisément imaginer…

Et ensuite ?

Il s'en irait quand il l'aurait décidé, comme il le lui avait annoncé. Elle retournerait à New York, comblée mais le cœur brisé, et submergée de regrets.

— Liane ?

Son cœur se serra devant l'intensité de son regard qui faisait ressortir ses traits anguleux, rendant son expression plus dure et plus impitoyable que jamais.

— C'est *bien* vrai, non ?

— Es-tu en train de me dire que, si je voulais avoir une liaison avec toi, tu serais d'accord ? s'obligea-t-elle à dire.

Elle avait du mal à croire qu'elle posait cette question. Son corps brûlait de désir, et elle dut se retenir pour ne pas franchir la courte distance qui les séparait et lui montrer exactement ce qu'elle désirait. Pourquoi ne lui facilitait-il pas la tâche ? Pourquoi ne la prenait-il pas dans ses bras ? Pourquoi ne la séduisait-il pas pour qu'elle ait l'impression de ne pas avoir le choix ? Mais non, il lui donnait la possibilité de choisir, et elle n'était pas certaine de le vouloir.

— J'aurais certainement du mal à te résister, murmura-t-il d'une voix caressante, mais ce ne serait qu'une parenthèse. Seulement quelques jours et quelques nuits…

Il semblait si sûr de lui ! Il voulait manifestement s'assurer qu'elle savait à quoi s'en tenir.

Le regard fixé sur elle, Alessandro semblait hésiter.

— En réalité, je te désire beaucoup trop, finit-il par dire à contrecœur. Si tu étais prête à accepter ce que je peux t'offrir, alors je me ferais un plaisir de te l'accorder. Mais je veux être sûr que tu comprennes ce que cela implique.

— Je comprends parfaitement bien, assura-t-elle. Tu as été très clair, crois-moi.

Elle fit de son mieux pour ne pas avoir l'air blessé, mais ce fut peine perdue à en juger par la façon dont il serrait les dents.

— Très bien, alors. Je te laisse décider.

Le regard brûlant qu'il lui adressa l'excitait et l'effrayait à la fois. Personne ne l'avait jamais regardée ainsi. Elle se sentait forte et en même temps totalement démunie.

— Pourquoi moi ? souffla-t-elle.

— Pourquoi pas toi ? Pourquoi parais-tu toujours étonnée que je te désire ?

— Parce que personne ne s'est intéressé à moi avant toi, dit-elle en s'efforçant en vain de rire. Personne ne m'a jamais remarquée. En tout cas, pas quand Ella était là, et même jamais. Je suis… quantité négligeable.

— Pas pour moi, assura Alessandro. Je n'ai pas cessé de penser à toi depuis le jour où je t'ai marché sur les pieds.

— Tu n'es pas obligé de dire ça, dit-elle en secouant la tête.

— Pourquoi ne me crois-tu pas ? C'est pourtant vrai, répondit-il en s'avançant vers elle. Tu t'acharnes à croire que tu n'es pas digne de mon attention ou de mon désir. Ce n'est tout simplement pas vrai.

Digne de son attention ou de son désir, peut-être, songea Liane, mais pas de son amour.

Elle prit une profonde inspiration.

— Et si je te disais que j'étais intéressée par ce que tu as à m'offrir ?

Il jeta un regard enflammé en direction de la chambre avant de se tourner vers elle.

— Tu sais bien ce qui arriverait.

Elle le dévisagea longuement. Elle n'était pas ce genre de femme et ne l'avait jamais été. Elle ne pouvait offrir son corps sans risquer son cœur. Elle ne pouvait accepter ses conditions, même si elle était tentée.

Elle imaginait déjà ses doigts glissés dans les siens, tandis qu'il l'entraînait vers le lit. Le regard brûlant qu'il lui lancerait en lui ôtant son T-shirt, avant d'effleurer son corps, capturant ses seins, entourant sa taille, avant de…

Elle fut terrassée de désir à cette seule pensée.

Et pourtant, elle savait déjà qu'elle allait refuser. Elle n'avait pas le choix. Alessandro avait raison. Le conte de fées n'était peut-être pas pour elle, mais cela ne l'empêchait pas de vouloir le vivre quand même, et elle avait assez d'estime de soi pour refuser de se contenter de moins. Tout comme Alessandro, elle ne voulait pas être blessée et elle savait sans l'ombre d'un doute qu'elle le serait si elle acceptait sa proposition. Elle lui offrirait son cœur en même temps que son corps, elle ne pourrait s'en empêcher.

Il la quitterait ensuite sans un regard en arrière, la laissant brisée. Pourquoi accepter cela en échange de quelques jours de plaisir, un plaisir qui serait toujours teinté d'angoisse ? Malgré tout, cela lui fit très mal de refuser sa proposition.

— J'imagine que nous en avons terminé, alors, dit-elle. Puisque tu ne veux pas t'investir plus et que je ne veux pas me contenter de moins.

— Parfait, rétorqua-t-il. C'était ce à quoi je m'attendais.

— Je suis désolée.

Elle ne savait pas pourquoi elle disait cela, mais c'était ce qu'elle ressentait. Elle était navrée que leur histoire s'arrête là et qu'il ne soit pas prêt à en explorer toutes les possibilités. D'une certaine façon, ils se connaissaient à peine, et pourtant elle savait déjà qu'elle aurait pu tomber amoureuse de lui s'il le lui avait permis. Plus fort et plus vite qu'Ella, même. Et c'était justement ce qu'elle devait éviter car deux jours de parenthèse dorée lui briseraient le cœur.

— Ne le sois pas, dit-il d'un ton brusque. C'est mieux ainsi. Et de toute façon, il ne nous reste que quelques jours à passer ensemble. Après cela, nous ne nous reverrons jamais.

Était-ce censé la rasséréner ?

— C'est vrai, concéda-t-elle.

Le silence s'éternisa entre eux, lourd de sens. Chacun pensait à ce qui aurait pu être : le bruissement sensuel de la soie, leurs corps emmêlés…

Non, c'était mieux ainsi. Ce ne pouvait être autrement.

— Bonsoir, Liane, dit Alessandro, avant de tourner les talons.

Il n'y avait pas de raison de se sentir aussi déçu, se dit Alessandro en se dirigeant vers la salle de bal. Il ne s'était pas vraiment attendu à ce que Liane accepte sa proposition et ne s'était même pas attendu à lui faire cette proposition. Il avait été pris par surprise, tout comme il l'avait été par ce baiser, à la fois doux et fort. Il y avait entre eux une extraordinaire alchimie sexuelle, c'était certain, mais il pouvait l'oublier.

Il allait devoir le croire en tout cas, s'il voulait affronter sereinement les prochains jours. Une part de lui attendait déjà avec impatience le moment où il n'aurait plus jamais à revoir Liane et à gérer l'irrésistible tentation qu'elle provoquait en lui, tandis qu'une autre, plus grande, rechignait à cette idée.

Il serra les dents et pénétra dans la salle de bal.

Le lendemain matin, sous un magnifique soleil d'été, ils embarquèrent dans l'avion pour Paris. S'il avait été un tant soit peu nerveux de revoir Liane après leur baiser, il s'était inquiété pour rien. Elle lui avait souri froidement et avait pris son siège habituel en face de lui, avant d'ouvrir son livre en toute tranquillité. Ce baiser semblait avoir *bel et bien* assouvi son désir. Mais pourquoi cette pensée l'agaçait-elle autant ?

— Une chaîne d'information américaine veut m'inviter ! annonça Ella en agitant son portable avec frénésie. Vous vous rendez compte ? Ils feront l'interview par vidéoconférence et l'appelleront « La mystérieuse princesse du prince de Manhattan » !

— C'est un titre ridicule, assura Alessandro. Je descends d'un duc, pas d'un prince.

— Et tu es loin d'être mystérieuse, Ella, intervint Liane. Ils savent pertinemment qui tu es grâce à ton blog et aux photos publicitaires prises durant les bals.

— Vous n'avez pas vu les publications, n'est-ce pas ? répondit Ella, tout excitée. Ni l'un ni l'autre ?

Alessandro observa Liane en coin, aussi mal à l'aise que lui. Il les avait un peu regardées, concéda-t-il, jetant un coup d'œil de temps en temps sur le portable d'Ella lorsqu'elle le lui montrait. Tout ce qu'il avait vu était de belles photos de salles de bal, de robes, de flûtes de champagne…

— De quoi parlez-vous ? Quel est ce grand mystère ?

Ella lui tendit son téléphone, un sourire radieux sur le visage.

La première chose qu'il remarqua était que le compte était anonyme et avait pour nom « La pantoufle de vair ». La photo de profil présentait en gros plan l'escarpin posé sur les marches. Tous les clichés, nota-t-il en les faisant défiler, étaient très travaillés. Il y avait aussi une photo du reflet d'Ella dans un miroir, pris de telle façon qu'on ne voyait que ses cheveux blonds, des boucles d'oreilles en diamant, la douce courbe de sa joue. Il vit également le balcon de l'hôtel de Londres, une main fine aux extrémités roses posée sur la balustrade.

Les légendes étaient captivantes, et une excellente publicité pour les hôtels Rossi.

Elle avait même inclus quelques photos des suites où ils avaient séjourné, sous-titrant chacune d'elles de quelques mots à la fois provocateurs et fantasques. Chaque publication avait recueilli des milliers de likes et des centaines de commentaires. Et, semblait-il, une interview à la télévision américaine. Aussi ridicule que cela puisse paraître, il y avait une touche artistique dans toute cette histoire, reconnut Alessandro.

— Vous êtes une photographe talentueuse, dit-il en lui rendant son portable, ainsi qu'une excellente consultante en marketing. Je vous embaucherai peut-être quand vous vous serez lassée des réseaux sociaux. Cela étant, ils doivent savoir que c'est vous, compte tenu des photos prises de nous deux, ensemble.

— Nous verrons, répondit Ella en haussant les épaules.

Il n'y avait qu'une heure de vol pour Paris, aussi Liane se plongea-t-elle dans son livre, laissant Alessandro travailler. Lorsque la capitale se profila à l'horizon, Liane posa son ouvrage et regarda par le hublot, un léger sourire aux lèvres. Elle était chez elle ici, ne put s'empêcher de penser Alessandro. Cela lui avait-il manqué ?

Au moment où ils débarquèrent, il posa la main sur son bras et elle se tourna vers lui d'un air interrogateur.

— J'attends avec impatience ta visite guidée.

— Bien sûr, j'en serais ravie, répondit-elle avec un sourire lumineux.

9.

— Par quoi commençons-nous ? demanda Alessandro en rejoignant Liane dans l'entrée de l'hôtel le lendemain matin.

— Je n'ai rien prévu d'extraordinaire, répondit-elle. J'ai peur que tu ne sois un peu déçu.

— Paris sera toujours Paris, répondit-il en la prenant par le bras.

Liane essaya de ne pas réagir à la sensation de son bras vigoureux contre le sien. Depuis qu'elle l'avait éconduit, elle tentait de faire comme si de rien n'était, même si c'était très difficile. Mais au moins, ils savaient tous les deux à quoi s'en tenir. En tout cas, c'était ce qu'elle s'était dit cette nuit, alors qu'elle fixait le plafond en essayant de ne pas s'imaginer lovée contre Alessandro, sa bouche sur la sienne, ses mains sur son corps…

Elle était toutefois heureuse de se promener au soleil dans sa ville aux trottoirs luisants de rosée, avec en toile de fond le ciel bleu et la tour Eiffel.

— Je commence à m'habituer à passer mes nuits dans une suite luxueuse, avoua-t-elle, tandis qu'ils se dirigeaient vers le Champ-de-Mars. Je vais avoir un choc à mon retour.

— Tu vis avec Ella à New York, n'est-ce pas ?

— Oui, dans une maison près de Central Park. L'endroit est superbe, donc je n'ai pas vraiment à me plaindre.

— Mais ? s'enquit Alessandro en scrutant son visage.

— Mais la maison n'est pas à moi. Le père d'Ella la lui

a léguée en stipulant que ma mère, ma sœur et moi pourrions y vivre aussi longtemps que nous le voudrions. Et vu les prix astronomiques de Manhattan et mon petit salaire d'enseignante, cela paraît logique d'y rester. Mais un jour…

Elle se tut, gênée et ne sachant pas si elle devait poursuivre.

— Un jour… ? l'encouragea Alessandro.

Pourquoi ne pas lui dire ? Ils savaient tous les deux à quoi s'en tenir sur leur relation, ils avaient été l'un et l'autre très clairs là-dessus. Cela leur donnait une certaine liberté pour être honnêtes, et elle eut soudain très envie de l'être.

— Un jour, j'aimerais avoir une maison à la campagne, lui dit-elle. Une vieille maison biscornue avec des recoins cachés et un escalier en colimaçon. Le genre de maison qui a une personnalité et qui paraît vivante. Une maison remplie de secrets.

Ils venaient de s'engager dans la rue de l'Université, et les marronniers qui la bordaient offraient une ombre agréable sous le soleil d'été.

— Et que ferais-tu dans cette maison ?

Liane hésita. Voulait-elle vraiment partager ses rêves, si précieux à son cœur ? Pourquoi pas ? Ils étaient amis, après tout. C'était sûrement suffisant pour lui parler de son conte de fées, celui dont elle rêvait depuis l'enfance. Elle savait pertinemment qu'il ne se moquerait pas d'elle.

— J'aurais des chats, des chiens et des enfants. Et un grand jardin, ainsi qu'un potager et des plantes aromatiques. De la lavande, du thym et de la sauge… et des fleurs aussi. D'immenses rosiers et des bosquets de lilas. J'adore l'odeur du lilas. Dans notre maison de Lyon, il y avait des lilas et leur odeur me rend nostalgique.

Elle lui jeta un regard incertain, mais heureusement Alessandro paraissait intéressé.

— Dis-m'en plus.

— J'aurais une immense cuisine avec un fourneau et

une grande table en chêne, et un grand canapé pour se détendre en famille…

Le feu aux joues, elle détourna le regard. Elle imaginait déjà un petit garçon sérieux qui aurait les yeux noirs et le sourire éclatant d'Alessandro.

— Il y aurait aussi un poêle à bois pour les soirées d'hiver ou les matins frais…

— Tu as imaginé cette maison dans les moindres détails.

— C'est vrai, dit-elle en laissant échapper un petit rire.

Se représenter sa maison de rêve, sa vie de rêve, avait été un de ses passe-temps favoris durant ses années de solitude.

— Et qu'en est-il de l'homme dans ce scénario ? Avec les enfants que tu as mentionnés, j'imagine qu'il y a un homme ?

— Oh oui ! reconnut Liane en regardant droit devant elle.

— Et à quoi ressemble-t-il ?

Malgré le ton neutre d'Alessandro, Liane sentit des picotements sur sa peau et sur ses lèvres au souvenir de leur baiser. La maison était une chose, mais voulait-elle vraiment parler avec lui de l'homme qu'elle espérait un jour rencontrer et aimer ? Pourquoi pas ? Ce ne serait jamais lui, de toute façon, il avait été très clair là-dessus. Cela ne voulait pas dire pour autant que son prince charmant n'existait pas.

— Je n'ai pas d'idées préconçues sur lui. Je me moque de ce à quoi il ressemble ou de ce qu'il fait dans la vie. L'important est qu'il soit honnête et loyal, et qu'il ait le sens de l'humour.

— Il devra aussi aimer les chats, les chiens et les enfants, et vouloir vivre dans ce petit paradis avec toi.

— Eh bien, oui ! concéda-t-elle avec un petit rire.

Elle lui jeta un regard en coin. Se moquait-il d'elle ou dressait-il juste la liste ridiculement longue de ses exigences ?

— Ce n'est qu'un rêve, lui rappela-t-elle doucement.

Il s'arrêta net et posa une main sur son bras.

— Les rêves sont importants, assura-t-il. Ne renonce pas à tes rêves, Liane.

— Et toi ? Quels sont tes rêves ?

Secouant la tête, il ôta sa main et se remit à marcher.

— Je n'ai pas de rêves. Pas de ce genre, en tout cas.

— Tu es trop désabusé ? le taquina-t-elle, même si ses propos la rendirent triste. Trop cynique pour rêvasser ?

— Peut-être, admit-il avec un petit rire.

— Et qu'est-ce qui t'a rendu comme ça ? Tes parents et leur mariage difficile ?

— C'est certainement ainsi que cela a commencé, oui.

— Parle-moi d'eux.

Elle voulait en savoir plus sur lui, mais elle craignait aussi de mettre sa plaie à vif. Sa grande retenue cachait une profonde émotion.

Alessandro ne dit rien durant un bon moment, et Liane commença à se demander si elle n'était pas allée trop loin. Puis il se mit à parler lentement, presque à contrecœur.

— Leur amour, au début, était un véritable conte de fées – la noblesse italienne épousant une jeune starlette –, et leur mariage a été couvert par tous les médias européens. Tout le monde pensait qu'ils étaient faits l'un pour l'autre… Mais la seule chose dont je me souvienne sont les bagarres et les larmes, ajouta-t-il, après une pause.

— Oh ! Alessandro…

Il secoua la tête pour l'empêcher de poursuivre.

— Mon père avait des liaisons. Il ne pouvait résister à une femme et ne le peut toujours pas. Ma mère était très jalouse, et sa souffrance était telle qu'elle s'est mise à boire et à tout faire pour se venger de ses infidélités. Ils se disputaient sans cesse et parfois même en arrivaient aux mains. Je me souviens des cris, des larmes, du verre brisé et des portes qui claquaient, ajouta-t-il en laissant échapper un soupir. Ils s'aimaient pourtant, mais cet amour ne leur a causé que du chagrin.

— Ce n'est pas forcément comme ça pour tout le monde, assura Liane. Tu dois sûrement t'en rendre compte, non ?

— J'ai rarement vu, voire jamais, d'exemples de relations amoureuses qui duraient, et personnellement je n'ai pas envie d'essayer. Ne cherche pas à me convaincre, Liane ! conclut-il en lui lançant un regard furibond.

Échaudée, elle hocha la tête.

— Je suis désolée. Dis-m'en un peu plus.

— Qu'y a-t-il de plus à dire ? Ils ont fait de leur vie et de la mienne un enfer. Parfois, ils m'emmenaient à leurs soirées pour faire croire que leur mariage n'était pas le désastre qu'il était pourtant. Ils voulaient présenter un front uni, et j'étais le seul moyen qu'ils avaient à leur disposition.

Liane sentit son cœur se serrer. Elle avait eu ses propres soucis durant son enfance, mais elle n'avait jamais dû affronter le genre de situation qu'avait connue Alessandro.

— Cela a dû être terrible à vivre !

— Oui, et c'est une des raisons pour lesquelles je n'aime pas les soirées mondaines.

— Et cela s'est terminé quand tu avais huit ans, m'as-tu dit ? Ta mère… ?

Alessandro se rembrunit et détourna le regard.

— Elle a fini par partir. J'imagine qu'elle en a eu assez des liaisons de mon père.

— Tu es enfant unique ?

— Oui, mais j'ai une demi-sœur plus jeune, l'enfant de la troisième femme de mon père… ou est-ce la quatrième ? dit-il en lui lançant un regard ironique. Elle vit en Ombrie, et je prévois d'aller lui rendre visite après ces soirées.

— Vous êtes proches ?

— Pas vraiment, mais je veux m'assurer qu'elle ait une enfance meilleure que la mienne. Elle n'a que quatorze ans.

— Et ton père ? Tu m'as dit qu'il était à Ibiza. Pourquoi n'est-il pas avec elle ?

— Parce qu'il n'arrive pas à assumer ses responsabilités.

Elle vit avec sa mère, Christina, une femme plutôt équilibrée, bien plus en tout cas que le second mari de ma mère.

— Comment était-il ?

Alessandro haussa les épaules.

— Il était passablement plus jeune qu'elle. Il n'est resté avec elle que neuf mois, avant de la quitter en emportant presque tout son argent. Elle a eu plusieurs compagnons ensuite, avant de décéder dans un accident de voiture. Son dernier amant en date était au volant et roulait bien trop vite.

— Oh ! Alessandro ! dit Liane avec compassion. Je suis tellement désolée.

— Elle n'était déjà plus dans ma vie à ce moment-là. Je me souvenais à peine d'elle, dit-il en haussant de nouveau les épaules.

— Il n'empêche… Je ne suis pas surprise que tu te montres cynique à propos de l'amour. Je le serais aussi à ta place si mes parents avaient été comme les tiens et si j'avais vécu autant de tristesse et de tragédie.

— Peut-être, concéda-t-il en lui adressant un léger sourire. Mais pourquoi parlons-nous d'un sujet si triste ? La journée est magnifique, et nous sommes à Paris. Profitons-en !

Pourquoi lui avait-il confié tout ça ? se demanda Alessandro. Il ne parlait jamais de ses parents d'habitude, il détestait même y penser. Se remémorer leur mariage le ramenait à sa propre enfance, à l'époque où il se cachait à l'étage pour ne plus entendre leurs cris jusqu'à ce qu'un domestique vienne le chercher.

Non, décidément, il ne voulait pas penser à cette époque.

Malgré tout, Liane arrivait à lui faire évoquer son passé, ses secrets et ses blessures. Il se sentait mal à l'aise et en même temps soulagé d'avoir autant parlé. Quoi qu'il en soit, il était désormais prêt à passer à autre chose.

— Tu ne m'as toujours pas révélé où nous allions, dit-il.

Liane lui adressa un sourire lumineux.

— À mon musée préféré, le musée d'Orsay, qui abrite la plus belle collection de peintures impressionnistes. Ensuite, j'ai pensé que nous pourrions aller à l'Orangerie pour voir *Les Nymphéas* de Monet. Mon père m'y emmenait très souvent, ajouta-t-elle avec nostalgie.

— Ah oui ? hasarda Alessandro en songeant à son propre père et à ses défauts. Tu m'as dit qu'il te manquait.

Il avait beau vouloir cesser d'évoquer le passé, il préférait de loin parler de celui de Liane plutôt que du sien.

— Effectivement. Il était certes joueur et noceur, ce qui désespérait ma mère, mais… il était si drôle ! Il vous faisait sentir comme si vous étiez le centre du monde et, chaque fois que j'étais avec lui, j'avais l'impression de vivre une aventure. Maintenant que je suis plus âgée, je réalise à quel point certains de ses comportements pouvaient être destructeurs, mais lorsque j'étais enfant… il me paraissait magique. Après sa mort, je me suis renfermée un peu.

— Cela a dû être difficile.

— Oui. Nous étions arrivés à New York depuis peu et ne connaissions pas grand monde. De plus, je ne parlais pas très bien l'anglais, dit-elle en grimaçant. Ce furent des années compliquées pour nous.

— Pourquoi n'êtes-vous pas rentrés en France ?

— Parce que ma mère avait déjà rencontré le père d'Ella, Robert Ash, et nous n'avions plus de famille en France. Les parents de ma mère étaient morts, et mon père avait dilapidé leur fortune, expliqua-t-elle en soupirant. Cela paraît tragique, mais cela ne l'était pas vraiment, surtout quand Ella est venue vivre chez nous…

Arrivés devant le musée, ils cessèrent de parler du passé pour admirer les œuvres exposées. Toutefois, Alessandro préférait voir le visage de Liane s'éclairer devant les toiles plutôt que les peintures elles-mêmes. En effet, les grands maîtres comme Monet, Cézanne et Van Gogh n'étaient rien en comparaison de la palette d'émotions inscrite sur la peau diaphane de Liane et dans ses yeux violets. Le rose de ses joues, l'étincelle dans ses yeux, sa façon d'incliner la tête d'un côté en observant une toile ou une sculpture… Alessandro aurait pu la regarder pendant des heures. De plus, c'était sans risque, se rappela-t-il, car ils avaient exprimé clairement leurs positions. Étonnamment, cette pensée ne le réconforta pas beaucoup.

Après le musée d'Orsay, ils se rendirent à l'Orangerie. Là, Liane mena Alessandro par la main jusqu'au milieu de la pièce où les toiles des *Nymphéas* de Monet étaient accrochées au mur, en insistant pour qu'il garde les yeux fermés. Elle le guida vers un banc, puis murmura à son oreille, comme si c'était Noël, comme si c'était magique :

— Ouvre les yeux…

Il obéit à sa requête et ne vit qu'une nuée de couleurs dans les tons lavande et vert, ainsi que des fleurs, de l'eau et le ciel. L'espace d'un instant, il se crut dans le jardin de conte de fées de Liane, avec ses magnifiques rosiers et ses bosquets de lilas. Il pouvait presque sentir leur parfum entêtant. Les chiens étaient au loin, un enfant se dandinait sur ses jambes potelées et le rire de Liane flottait dans le vent. Il se sentait… heureux, et un sentiment de joie l'inonda soudain, le faisant sourire. Puis il cligna des yeux, et les contours des peintures se précisèrent. Mais la beauté des *Nymphéas* de Monet n'était rien comparée à la vision jaillie des profondeurs de son imagination, décida-t-il.

— Eh bien ? Qu'en penses-tu ?

— Je… je trouve cela magnifique.

Il se sentait étrangement ému, et cela n'avait rien à voir avec Monet, soupçonnait-il. Sa main toujours dans la sienne, il se tourna vers elle et eut soudain envie de capturer son visage et de l'attirer à lui. D'oublier toutes ces stupides résolutions.

— Merci de m'avoir montré ça.

Ils déjeunèrent ensuite dans un café près des Tuileries, puis déambulèrent dans les jardins resplendissants.

— Que feras-tu à ton retour à New York ?

— Rien de spécial, répondit Liane d'un ton résigné. Les cours ne reprennent pas avant septembre, et je n'ai pas prévu de vacances. Je travaille sur une traduction des poèmes de Rimbaud pour un livre scolaire. Je la terminerai, si je peux.

Un programme plutôt solitaire et triste, songea Alessandro.

— Et qu'en est-il de ta maison à la campagne ? Comment vas-tu la trouver si tu restes en ville à traduire des poèmes ?

— Je ne m'attends pas à la trouver. Pas comme ça, en tout cas. Je ne vais pas soudain tomber dessus… comme le prince avec le château ensorcelé dans *La Belle au bois dormant*, lâcha-t-elle en riant.

— Ah bon ? Comment, alors ?

Il ne savait pas pourquoi il insistait autant. Était-ce important pour lui de savoir si Liane trouverait la maison de ses rêves ? La réponse était indéniablement oui.

— Je suppose… que c'est elle qui me trouvera d'une façon ou d'une autre, assura-t-elle en lui jetant un regard troublé. Un jour… Ne t'inquiète pas, je sais bien que la vie ne fonctionne pas comme ça et que je ferais mieux d'aller la chercher moi-même, mais je n'ai jamais été très aventureuse.

Non, elle n'avait fait qu'encourager les aventures de sa demi-sœur. Bien sûr, il n'était pas la bonne personne pour l'exhorter à vivre ses propres expériences et à trouver son prince charmant. Comment pouvait-il lui dire ce genre de choses alors que lui-même ne l'avait jamais fait ? Surtout après lui avoir expliqué qu'il ne croyait pas aux contes de fées, que l'amour n'était rien d'autre que des problèmes et de la souffrance, et que cela ne valait pas la peine de le chercher et encore moins de se battre pour le conserver ?

Et pourtant, il voulait que Liane vive ce conte de fées. Et même si cette pensée le rendait terriblement jaloux, il espérait qu'elle trouverait l'amour de sa vie… même si ce ne pourrait jamais être lui.

10.

— Où *diable* étais-tu passée ?

Les mains sur les hanches, Ella secoua la tête lorsque Liane entra dans leur suite. Elle venait de quitter Alessandro avec un sourire doux-amer et la promesse de porter *sa* robe ce soir. Elle avait passé une merveilleuse journée, faites de rires et de silences complices, à déambuler dans Paris au bras d'un homme très séduisant… Oui, cette journée avait été formidable, mais elle l'avait aussi remplie d'un désir impossible. Alessandro ne faisait pas partie de son conte de fées. Elle devait se le rappeler encore et toujours parce que plus elle passait de temps avec lui, plus elle avait l'impression que ce rêve pouvait devenir réalité.

— Je t'ai dit que j'allais visiter Paris avec Alessandro.

— Je ne pensais pas que tu serais partie aussi longtemps…

— Il n'est que 16 heures, et le bal n'est pas avant 19 heures, répondit Liane en dévisageant sa sœur d'un air inquiet. Quelque chose ne va pas ?

— Au contraire. Tout va très *bien*, répondit Ella d'une voix excitée. J'ai eu cette interview en ligne cet après-midi…

— Oh oui, et comment c'était ? s'écria Liane, se sentant coupable de ne pas s'en être souvenue.

— Très bien, éluda Ella d'un geste de la main. Ils voulaient savoir comment j'avais rencontré Alessandro et si j'étais vraiment « sa princesse », comme le disent les tabloïds.

Liane ressentit une bouffée de jalousie en voyant Ella

sourire et lever les yeux au ciel. Elle savait que ce n'était qu'un écran de fumée, un faux-semblant, mais ce succès lui faisait tout de même mal au cœur. Elle n'avait pas regardé les commentaires en ligne, pas plus que les photos d'Ella au bras d'Alessandro, sachant comment les médias en parleraient – le prince et la princesse, le conte de fées…

— Et qu'as-tu répondu ?

— Oh ! je les ai laissés sur leur faim ! dit Ella en éclatant de rire. Je ne pouvais pas vendre la mèche. Je leur ai juste dit que quelqu'un avait en effet éveillé son intérêt, mais que si c'était moi … je ne pouvais l'affirmer.

— Et ils t'ont crue ? répondit Liane en se forçant à rire. Alors que tu es dans tous les magazines, accrochée à son bras ?

— Dans combien de magazines crois-tu que je sois ? C'est *l'hôtel* qui est présenté, Liane, pas moi. On me voit peut-être sur un ou deux clichés, mais c'est tout.

Liane la dévisagea, surprise.

— Mais la seule raison pour laquelle Alessandro t'a invitée était pour faire de la publicité pour ses hôtels…

— Oui, les *hôtels*. Et c'est ce que j'ai fait, via les réseaux sociaux. Mais personne ne sait que c'est mon compte.

— Quoi ? Mais pourquoi ? Je veux dire… tu veux être influenceuse, Ella ! Alors pourquoi faire un compte anonyme ?

Elle s'était imaginé voir Ella sur tous les clichés, son bras noué autour de celui d'Alessandro, sa tête posée sur son épaule, et dansant toute la nuit…

S'était-elle trompée ? Son esprit tortueux avait-il échafaudé des choses bien pires et bien plus douloureuses que la réalité ?

— Tu ne m'as pas entendue en discuter avec Alessandro dans l'avion ? s'enquit Ella, les yeux pétillants.

Liane secoua la tête. Non, elle n'avait pas écouté car elle détestait le sentiment de *jalousie* qui l'avait étreinte en les écoutant parler. Leur relation amoureuse était factice, et elle savait qu'Alessandro n'était pas attiré par Ella, mais les voir ensemble au milieu des invités la faisait se sentir insignifiante et elle ne voulait pas y penser plus que nécessaire.

— Le but n'est pas de me rendre célèbre, expliqua Ella en rejetant ses cheveux en arrière, mais que les hôtels soient connus et les gens fascinés, tout en les faisant deviner…

— Deviner quoi ?

— De qui Alessandro est amoureux, bien sûr !

Liane essaya de ne pas tressaillir.

Il n'est amoureux de personne, voulait-elle dire à sa sœur. *Il refuse de l'être car il croit que l'amour est dangereux. Il ne veut pas s'y risquer.*

— Et comment fais-tu ça ?

Sans répondre, Ella lui tendit son portable en souriant.

Liane fit défiler les photos – des clichés artistiques de cristal et de chandelles, le reflet à peine visible d'Ella dans un miroir…

— Elles sont magnifiques, admit-elle en lui rendant son téléphone, mais tout le monde doit bien savoir qu'il s'agit de toi. C'est toi l'influenceuse, après tout, et c'est toi qui as posté la première photo avec la pantoufle de vair…

— Oh ! je les laisse dans le doute, fais-moi confiance, répondit Ella d'un air malicieux. Maintenant, parlons de choses pratiques : je ne peux pas aller au bal ce soir. Tu devras donc y aller à ma place.

Bouche bée, Liane dévisagea sa sœur.

— Quoi ? Mais je ne peux pas…

— Bien sûr que si, et tu te débrouilleras très bien. Ce matin, après mon interview, j'ai été contactée par des youtubeurs français. Ils suivent la mode et veulent que je figure dans quelques-unes de leurs vidéos, vêtue des créations d'Alonso. Ils n'ont malheureusement que ce soir de libre. Je dois y aller.

— Mais enfin, Ella ! protesta Liane, de plus en plus inquiète. Tu as un contrat avec Alessandro.

— Ai-je signé quoi que ce soit ? Non. Et pour être honnête, je crois que je lui fais une faveur. Je me suis rendue à toutes ses soirées, et cela commence à devenir ennuyeux. Les gens s'attendent à m'y voir. Le présentateur de l'émission télévisée qui m'a interviewée ce matin pensait même que j'étais son assistante, s'écria Ella, feignant d'être offensée. Il vaut mieux se concentrer sur toi, la nouvelle femme mystérieuse.

— Moi ? Non, je ne peux pas.

Elle n'en croyait pas ses oreilles. Elle ne pourrait jamais être sur le devant de la scène comme Ella. Les gens se moqueraient d'elle et penseraient qu'elle était ridicule.

— Et pourquoi pas ? la défia Ella.

— Parce que… parce que je ne suis pas le genre de personne qui se met en avant. Et qui aime ça.

— Je devrais peut-être te pousser un peu.

— Non, assura Liane en pressant ses mains sur ses joues soudain rougies. Non, je ne pourrai pas, Ella. Vraiment.

— Tu ne veux vraiment pas ? Tu n'es pas fatiguée de rester toujours à l'écart – pas juste pendant les soirées mais dans la vie ?

— *Ella*, répondit Liane d'un ton blessé.

— Je suis sérieuse, Liane. Tu es bien trop effacée. Tu ne te mets jamais en avant pour quoi que ce soit ou pour quiconque. À quand remonte ton dernier rendez-vous galant ?

— Je ne suis pas comme toi, protesta Liane. Je ne veux pas être au centre de l'attention.

— Je n'ai jamais dit que tu devais l'être, mais tu mérites mieux que de vivre dans l'ombre. Tu crois que ta mère me fait une vie impossible et, crois-moi, elle essaye, mais elle fait la même chose avec toi. Elle te critique sans arrêt comme si ce que tu faisais n'était jamais assez bien. Dans un sens, elle est plus dure envers toi qu'envers moi. Au moins je sais qu'elle ne m'aime pas, mais elle est supposée t'aimer, toi !

Liane ouvrit la bouche, puis la referma, choquée de la clairvoyance d'Ella.

— Et je suis autant à blâmer que quiconque, continua Ella. Je sais que je profite de toi sans même le vouloir. C'est si facile à faire, Liane, parce que tu es gentille et que tu penses toujours aux autres…

— Alors ne profite pas de moi en me laissant tomber ce soir, supplia Liane Je t'en prie…

Les mains sur les hanches, Ella plissa les yeux.

— Et pourquoi pas ?

— Parce que je suis incapable de te remplacer. Je ne sais pas comment briller en société. Alessandro sera furieux…

— Je ne crois pas justement, murmura Ella. Et je suis désolée, mais je pars et tu vas devoir me remplacer. Mais ne t'inquiète pas, je ne vais pas te lâcher comme ça, dit-elle en regardant l'heure. Nous avons deux heures et demie pour t'apprêter !

Liane n'arrivait pas à croire combien sa demi-sœur pouvait se montrer impitoyable – pas seulement en insistant pour qu'elle assiste au bal au bras d'Alessandro, mais en la préparant pour ce privilège. Ella adorait les soins de beauté, Liane le savait, mais elle ne l'avait encore jamais obligée à s'y soumettre…

— Heureusement, j'ai apporté mes affaires, dit-elle à Liane en ouvrant une valisette dédiée à ses cosmétiques. Nous commencerons par un gommage facial, puis un autre à effet apaisant afin que tu n'aies pas l'air d'une tomate ce soir ! Je ferai aussi tes ongles. Mon Dieu, tu les coupes court !

— C'est plus raisonnable, murmura Liane.

— Oh ! oublions un peu d'être raisonnable, répondit Ella, une lueur malicieuse dans le regard. Pour ce soir, au moins.

Liane finit par renoncer à lutter et se soumit non pas à un mais à deux masques, une manucure, une pédicure, un gommage corporel et une épilation, avant qu'Ella ne la laisse sortir de la somptueuse salle de bains, couvrant ses yeux d'une main et insistant pour qu'elle ne se regarde pas dans le miroir.

— Attends de voir le produit fini, ordonna-t-elle d'un ton sévère. Je veux que tu sois époustouflée.

— J'ai aussi une robe, tu sais.

— Oh oui, je sais, roucoula Ella. Alessandro l'a lui-même achetée, n'est-ce pas ? Dieu merci, nous n'aurons pas à nous soucier de cette affreuse robe bleue.

— Elle n'était pas si affreuse…

— Elle était *épouvantable*. Viens, je vais te maquiller.

Sagement, Liane s'assit sur un tabouret et ferma les yeux.

— Je ne veux pas avoir l'air *peinte*, dit-elle nerveusement.

— On croirait entendre belle-maman, se moqua Ella en appliquant une lotion sur le visage de Liane. Peinte ! Nous ne sommes plus à l'époque victorienne où on se pinçait les joues pour leur donner un peu de couleur.

— Je sais, répondit Liane.

Elle essaya de se détendre, tandis qu'Ella lui prodiguait ses soins, l'aidait à enfiler sa robe et ses escarpins, puis ajoutait à sa tenue un bijou de fantaisie provenant de sa propre collection, ainsi qu'une généreuse touche de parfum, avant de la guider vers le miroir mural.

— J'ai peur de regarder, admit Liane avec un rire nerveux.

— Tu ne devrais pas, tu es resplendissante ! Ouvre les yeux, maintenant.

Alessandro regarda sa montre, les mâchoires serrées. Autour de lui, les serveurs circulaient, les invités arrivaient, et une migraine menaçait de le submerger. Après avoir quitté Liane, il était parti travailler et avait traité différents sujets, se fustigeant pour avoir pris une journée de congé, même s'il ne le regrettait pas. Cette journée passée avec Liane resterait pour longtemps dans ses souvenirs, amènerait un sourire à ses lèvres et une profonde tristesse dans son cœur. Une journée hors du temps. Il jeta à nouveau un coup d'œil à sa montre, puis leva les yeux et retint son souffle en voyant Liane entrer dans la salle de bal.

Elle était époustouflante et faisait tourner toutes les têtes, même si elle semblait à peine consciente de l'attention qui lui était portée. Sous le charme, il la dévora des yeux. Ses cheveux étaient relevés sur sa tête, et quelques mèches dorées cascadaient sur ses épaules nues et soyeuses. Ses yeux paraissaient lumineux, ses lèvres pleines, et sa peau aussi pâle que de la porcelaine était rehaussée d'un léger blush. Quant à sa silhouette, ceinte dans sa robe de style grec… Le tissu ondulait comme de l'eau sur ses courbes féminines. Un saphir était niché au creux de son cou, assorti à des boucles d'oreilles incrustées aussi de diamants. Elle portait des sandales à hauts talons parsemées de paillettes argentées. Encore une paire de chaussures ridicules, se surprit-il à penser avec un grand sourire en lui tendant la main.

— Ella…, commença-t-elle, tandis qu'il l'attirait à lui.

Il avait complètement oublié l'existence même d'Ella.

— Ella ne peut pas venir ce soir. Je suis désolée.

— Pas moi, assura-t-il.

À ces mots un sourire lumineux éclaira le visage de Liane.

Il entendit les gens murmurer autour de lui. Nul doute qu'ils avaient remarqué qu'il avait changé de cavalière, mais il s'en moquait. Ragots, rumeurs, spéculations, publicité, rien de tout cela n'avait d'importance en ce moment. La soirée était pour lui et Liane.

Imaginait-il la musique enfler, véritable crescendo en lui, tandis qu'il la prenait dans ses bras et qu'ils commençaient à danser, à bouger ensemble en parfaite harmonie ?

— J'ai deux pieds gauches, le prévint Liane.

Il secoua la tête. Il ne la laisserait pas se dénigrer ce soir.

— Tu danses merveilleusement bien. Et tu danses avec moi, c'est tout ce qui m'importe.

Elle écarquilla les yeux, et une expression confuse traversa son visage. Il savait pourquoi. Lui-même se sentait troublé. Ce soir était un moment hors du temps, hors de la réalité. Ce soir était pour eux, et aucun d'eux n'avait à penser à l'avenir.

La musique se termina sur une envolée d'instruments à cordes, puis Alessandro leur apporta à tous deux des flûtes de champagne, avant d'aller rejoindre les invités. Si Alessandro avait eu la moindre inquiétude sur l'aptitude de Liane à faire la conversation, elle fut vite oubliée dès qu'elle ouvrit la bouche. Elle n'était pas pétillante comme l'était Ella. Non, Liane était plus calme, plus profonde. Elle écoutait les gens avec une intensité qui les faisait se sentir importants, et elle leur posait des questions pertinentes et intéressantes. Elle parlait d'une voix légère et musicale, et le cœur d'Alessandro se gonfla de fierté et d'un autre sentiment aussi. Un sentiment de possession…

Il en eut vite assez de la foule, aussi l'entraîna-t-il sur le balcon où l'air nocturne était doux.

— Tout ceci semble si irréel, dit-elle d'une voix douce en admirant Paris.

— Je t'assure pourtant que c'est vrai.

— Vraiment ? Tu t'es montré si prévenant, Alessandro. Et tu t'es comporté comme si… comme si je t'avais ensorcelé.

— Je suis…

Elle secoua vivement la tête.

— Ne dis rien, murmura-t-elle. Si ceci est pour le bénéfice des réseaux sociaux d'Ella, de la presse, ou de…

— Tu le crois vraiment ? dit-il en indiquant d'un geste le balcon vide. Vois-tu des appareils photo ? Des paparazzis ?

— Non…

— Je ne fais pas ça pour la gloire. Je me moque bien de tout cela. Je n'ai jamais été intéressé par ce genre de choses.

Les mots vinrent du plus profond de son être, un endroit où il n'allait jamais et où ses désirs étaient demeurés latents depuis si longtemps. Il peinait à croire qu'il admettait en avoir, et pourtant il ne pouvait plus les ignorer. Il la désirait. Il avait *besoin* d'elle. Et tant pis si elle le savait.

— Alors pourquoi…

— Je t'ai dans la peau, dit-il simplement. Tu es dans mon esprit, dans mon…

Cœur. Il était incapable de dire ce mot, même à cet instant.

— J'ai besoin de toi, dit-il à la place.

Les lèvres de Liane s'entrouvrirent de surprise.

C'était comme une invitation, et lentement il saisit sa nuque dans sa main et glissa les doigts dans ses cheveux. Puis il fit un pas vers elle, et elle rejeta la tête en arrière, les lèvres offertes. Le baiser fut doux, lent et langoureux, comme s'ils avaient tout le temps du monde alors qu'ils n'avaient que cette soirée. Il traça de la langue le contour de ses lèvres, goûta la douceur sucrée de sa bouche.

Liane l'entoura de ses bras et répondit avec ferveur à son baiser, enflammant ses sens. Il s'écarta, puis pressa ses lèvres sur sa joue, son oreille, sa gorge… Le souffle court, elle s'affaissa contre lui comme si ses jambes ne pouvaient plus la porter et glissa ses doigts dans ses cheveux.

Alessandro dut se retenir de la soulever dans ses bras et de la porter à travers la salle de bal comme un prince des temps jadis avec sa nouvelle épouse.

— Passe la nuit avec moi, souffla-t-il à son oreille.

Elle se figea.

— Juste cette nuit…

Capturant son beau visage entre ses mains, il plongea son regard dans le sien. Il n'avait jamais supplié quiconque jusqu'à maintenant. C'était à la fois humiliant et libérateur de devoir admettre son besoin d'elle alors que pendant si longtemps il n'avait jamais laissé ses sentiments prendre le dessus.

Liane le dévisagea, le regard tourmenté.

— Tu m'as dit que j'étais faite pour vivre un conte de fées, dit-elle. Tu es la seule personne à m'avoir dit ça, à m'avoir laissée croire que ce pouvait être possible.

— Liane…

Il sentait déjà le moment magique lui glisser entre les doigts ; ce qui lui avait paru il y a quelques secondes beau et précieux lui paraissait désormais malvenu. L'avait-il vraiment suppliée de coucher avec lui ? Honteux, il laissa tomber ses mains et recula d'un pas.

— Je suis désolée, Alessandro.

Elle posa une main sur sa joue, et il ferma les yeux, luttant pour ne pas tourner la tête et déposer un baiser sur sa paume.

— Il m'est très difficile de te dire non, et la seule raison pour laquelle j'agis ainsi c'est parce que je sais que tu as le pouvoir de me briser le cœur.

Il serra les dents, touché par son aveu et horrifié par le sien. Il venait de faire ce qu'il s'était toujours juré de ne pas faire – se laisser guider par ses émotions. Comment avait-il pu être aussi stupide ?

— Je pourrais tomber amoureuse de toi, poursuivit-elle d'une voix hachée, tandis qu'Alessandro s'efforçait d'afficher une expression froide et implacable. Une partie de moi l'est déjà, je crois, sans l'avoir voulu. J'en suis désolée, autant pour toi que pour moi. Je sais que ce n'est pas ce que tu veux, mais c'est arrivé si soudainement ! Pour ce qui me concerne, en tout cas.

Elle laissa échapper un petit rire triste qui donna envie à Alessandro de la prendre de nouveau dans ses bras, mais il se retint.

— Je n'essaye pas de te pousser à me donner plus que ce dont tu es capable, mais je ne peux pas m'offrir à toi quand je sais ce que tu m'offriras en retour. Si peu. Je… je ne peux pas accepter d'être blessée comme ça, et je le serais, c'est sûr. Je suis désolée.

Sa voix se brisa et, avant qu'il ne puisse réagir, elle quitta le balcon et traversa à vive allure la salle de bal, comme l'avait fait Ella la semaine précédente. Sauf que cette fois Alessandro savait avec certitude qu'il ne s'agissait pas d'un coup publicitaire. Liane s'enfuyait… loin de lui.

11.

Incrédule, Liane lut le mot qu'avait laissé Ella. Elle avait mal à la tête après avoir bu trop de champagne et versé trop de larmes. La veille, après une soirée magique, elle était retournée dans sa chambre, seule comme toujours. Les contes de fées n'étaient décidément pas pour elle. Elle aurait aimé avoir eu le courage d'accepter ce que lui offrait Alessandro. Qui sait où cela aurait pu la mener ?

Mais elle ne l'avait pas fait, parce qu'elle était prudente et surtout *effrayée*. Elle ne croquait pas la vie à pleines dents, ne partait pas à l'aventure, et surtout n'avait pas de liaisons, pas plus qu'elle ne tombait amoureuse. Elle avait réussi à garder son cœur intact, mais dans la froide lueur du matin elle se demanda si cela en avait valu la peine.

Elle baissa à nouveau les yeux sur le message d'Ella et secoua la tête. Comment avait-elle pu lui faire ça ? Un coup impatient frappé à la porte la fit sursauter, et elle glissa le mot dans sa poche. Alessandro ! Elle n'était pas prête à le revoir, pas après avoir fui la salle de bal. *Pourquoi* n'avait-elle pas dit oui ? Pourquoi n'avait-elle pas pu prendre ce qu'il lui offrait ? Le pouvait-elle encore ?

Poussant un soupir, Liane se leva pour ouvrir.

— Tu as l'air exténuée, nota Alessandro en entrant.

Liane laissa échapper un petit rire nerveux.

— Je le suis, répondit-elle. Merci toutefois de me le faire remarquer.

Lui n'avait pas l'air fatigué, songea-t-elle amèrement. Rasé de près, vêtu d'un costume trois-pièces gris anthracite, il était comme toujours très séduisant. Ce n'était pas le même homme qui l'avait tenue dans ses bras et suppliée de passer la nuit avec lui…

— Où est Ella ?

— Elle est partie, dit Liane d'un ton las. Elle est partie avec les youtubeurs, tôt ce matin, avant que je ne me réveille.

— Comment cela, elle est *partie* ?

Liane haussa les épaules.

— Elle ne m'a pas donné de détails ; elle m'a juste dit qu'elle était désolée de devoir filer, mais qu'elle estimait en avoir fait assez pour la publicité de l'hôtel. Je suis désolée.

— Tu n'as pas à t'excuser. Tu n'es pas responsable d'elle.

Liane demeura silencieuse. Ella aurait dû s'expliquer elle-même avec Alessandro, mais elle avait laissé cette tâche ingrate à Liane. Pour l'heure, Alessandro avait l'air très contrarié et plus froid que jamais. Ce qui s'était passé la veille ne lui paraissait désormais plus qu'un rêve, un fantasme issu de son imagination. Et dire qu'elle s'était demandé si elle devait revoir sa réponse…

— Qu'allons-nous faire ? s'enquit-elle d'un ton incertain.

Le dernier bal était ce soir à Rome. Mais sans Ella…

— Nous irons sans elle, déclara-t-il posément. Après ta performance d'hier soir, sa présence n'est plus nécessaire.

— Que veux-tu dire par « performance » ?

En réponse, Alessandro sortit de sa poche une revue et la posa sur la table basse. Déroutée, Liane cligna des yeux lorsque le magazine se déroula, révélant *sa* photo en couverture. On la voyait fuir le bal, les replis bleus de sa robe flottant au vent et la foule s'écartant sur son passage, tandis qu'elle courait vers les doubles portes. Elle paraissait effrayée, comme si elle avait le diable aux trousses.

— Mais… comment ont-ils… ?

— Nous avions invité la presse, dit-il d'une voix posée, et il semblerait que ce soit la parfaite photo publicitaire.

— Photo publicitaire ! s'écria-t-elle en le dévisageant d'un air consterné. Tu ne crois pas…

— Je ne crois pas quoi ?

— Tu ne crois tout de même pas que j'aie voulu attirer l'attention ?

C'était ridicule. Mais Alessandro la regardait froidement.

— Tu le crois ? insista-t-elle.

— Non. Mais n'est-ce pas de toute façon le genre de publicité que nous voulons ? Tout le monde se demande qui est la mystérieuse femme qui s'est enfuie du bal. Les hôtels Rossi ont le vent en poupe sur Twitter.

Les pensées de Liane tourbillonnaient dans son esprit. Elle ne voulait pas faire la une d'un magazine. Il y avait une raison pour laquelle elle évitait d'être sous les feux de la rampe : elle n'aimait pas cela. Et elle aurait bien voulu que rien de tout cela ne se soit passé.

— Quoi qu'il en soit, et maintenant que tu as fait la une des journaux, tu peux m'accompagner à Rome. Tu pourras ensuite t'envoler pour New York et finir de traduire Rimbaud. Je t'attends dans l'entrée dans quinze minutes, conclut-il en se dirigeant vers la porte.

Après son départ, Liane se laissa tomber dans un fauteuil, l'esprit en tumulte. Elle était restée éveillée la moitié de la nuit, son corps brûlant de désir et ses lèvres toujours sensibles après le baiser d'Alessandro, se demandant si elle aurait le courage de lui dire qu'elle avait changé d'avis. Heureusement, elle n'en avait rien fait ! Il était clairement passé à autre chose. Mais pourquoi se montrait-il si froid ? L'idée qu'elle était partie en courant du bal pour qu'on la remarque était ridicule. Et même si elle avait agi ainsi, n'était-ce pas ce qu'il voulait ? C'était bien pour ça qu'il avait embauché Ella, non ? Donc, pourquoi réagir comme si elle l'avait *trahi* ?

Soudain, elle comprit et fut saisie d'un indicible espoir. Son agacement vis-à-vis de la photo, son attitude distante avec elle… était-ce une façon pour lui de cacher sa peine ? Il lui avait demandé de passer la nuit avec lui. Il l'avait embrassée avec une passion non déguisée, capturé son visage entre ses mains et quasiment *suppliée*. Alessandro était un homme fier qui détestait l'idée même de se montrer vulnérable. Était-ce ce qui se cachait derrière son attitude glaciale de ce matin, ou était-il ridicule de penser qu'elle l'avait à ce point affecté ?

Elle se leva d'un bond et fit ses bagages à la hâte, avant de sortir.

— Tu es en retard ! lança Alessandro lorsqu'elle pénétra, hors d'haleine, dans l'entrée.

— Je suis désolée…

Mais il s'était déjà détourné et marchait d'un pas rapide vers la limousine stationnée devant l'hôtel. Dès que Liane fut installée dans l'habitacle, il prit son portable.

— Alors pourquoi étais-tu si contrarié que je sois sur la couverture de ce magazine ? demanda-t-elle. Je croyais que tu *voulais* la publicité, que c'était le but de toute cette opération.

— Ça l'est, répondit-il simplement, avant de reprendre sa lecture.

Il se tourna pour regarder le trafic parisien et la tour Eiffel, visible au loin. Il la repoussait. Pourquoi n'était-elle pas surprise ? Même s'il ressentait quelque chose pour elle, il refusait de l'admettre. Refoulant ses larmes, elle regarda elle aussi par la vitre. Elle s'était refusée à lui la veille parce qu'elle n'avait pas voulu avoir le cœur brisé, alors pourquoi se sentait-elle si triste maintenant ?

Ils ne se parlèrent plus avant qu'ils ne soient installés dans le jet d'Alessandro. Elle voulait rentrer chez elle, maintenant, retrouver ce qui lui était familier, et en même temps elle savait que ce n'était pas du tout ainsi qu'elle avait imaginé la fin de cette aventure. Lorsqu'elle devrait enfin dire au revoir à Alessandro, elle serait effondrée. Malgré tout ce qu'elle avait fait pour protéger son cœur, elle avait échoué.

Alessandro jetait des regards furtifs à Liane, tout en faisant de son mieux pour se concentrer sur son travail. Elle paraissait désemparée, et il ne pouvait l'en blâmer. Il s'était très mal comporté avec elle. Il ferait mieux de s'excuser, mais il n'osait pas lui dire qu'il avait agi ainsi car son rejet de la veille l'avait profondément blessé.

Il n'avait pas voulu l'implorer. Il ne le faisait jamais, et pourtant hier soir son désir était tel qu'il n'avait pas pu s'en empêcher…

Mû par une impulsion, il vérifia le compte Instagram d'Ella pour voir si elle avait posté quelque chose, et vit avec un certain agacement qu'elle avait édité une photo de Liane fuyant le bal. Et lui. Elle avait inséré une phrase au-dessus :

LE PRINCE RETROUVERA-T-IL SA PRINCESSE ?

Et il y avait déjà des milliers de vues, des centaines de commentaires. L'angle de la photo était tel qu'on ne pouvait pas reconnaître Liane. Personne, d'ailleurs, ne savait qui elle était, réalisa Alessandro. Ella jouait manifestement la carte du mystère, et les réseaux sociaux en avaient capturé l'esprit. Il aurait dû être ravi car c'était ce qu'il avait voulu – une narration maîtrisée qui apporterait de la publicité à ses hôtels. Mais il commençait à trouver toute cette histoire trop compliquée. Il ne voulait plus continuer, tant pour lui que pour Liane.

Il lui jeta un nouveau coup d'œil tandis qu'elle contemplait par le hublot le ciel azuré.

— À quoi penses-tu ? demanda-t-il soudain.

Elle le regarda d'un air las.

— Que je ne voulais pas aller à une nouvelle soirée. Je suis fatiguée de faire semblant.

— Faisais-tu semblant hier soir ?

Les mots lui échappèrent. Au moins avait-il parlé d'une voix posée, sans la supplier.

— Non, murmura-t-elle en laissant échapper un petit rire. Non… en fait, ce matin, je… j'ai eu envie de revoir ma réponse.

Le souffle court, il la dévisagea, le cœur empli d'espoir.

— Vraiment ?

— Oui, je… je veux être avec toi, Alessandro, pour aussi longtemps que tu le voudras.

Il se renfonça dans son siège, l'esprit en tumulte et les sens en émoi. *Elle le désirait.*

— Changé d'avis ? Non, s'écria-t-il, retenant un rire.

Mais pourquoi, alors qu'elle venait de capituler, ressentait-il… non pas de la déception, mais un sentiment proche de la tristesse ? Il devrait être ravi, mais au lieu de cela il était… confus. C'était à n'y rien comprendre.

— Alessandro ?

— Qu'est-ce qui t'a fait changer d'avis ?

— Je suis fatiguée de toujours être prudente. Je veux vivre. Je veux expérimenter des choses. Ella m'a toujours dit de m'amuser, de vivre le moment présent… Eh bien, c'est ce que j'ai décidé de faire maintenant !

Elle soutint son regard, et Alessandro ne put s'empêcher de penser que ce n'était pas du tout ce dont elle avait toujours rêvé. Et pourtant, qui était-il pour décrier ses choix, surtout lorsqu'ils s'accordaient si bien avec les siens ?

— Si tu n'as pas changé d'avis, ajouta Liane en riant nerveusement. Pourquoi me regardes-tu d'un air si furieux ?

— Je ne te regarde pas d'un air furieux !

Trêve de politesses, décida Alessandro. Liane avait fait son choix… et il ferait le sien.

— Je pensais juste à ce que tu disais et à ce que cela sous-entendait.

— Tu es donc d'accord ? s'enquit-elle en rougissant.

— Oui !

Le sourire de Liane était à la fois timide et lumineux, empli d'espoir et de désir.

— Attends…

Il se leva et alla dans le cockpit pour donner des ordres, avant de revenir vers Liane.

— Qu'es-tu allé faire ? s'enquit Liane en le voyant revenir.

— J'ai demandé au pilote de rediriger le vol à destination de Pérouse. Nous n'irons pas au bal. Nous en avons tous les deux assez de cette farce ridicule. Nous irons dans ma villa en Ombrie.

Il avait hâte de la lui montrer – les jardins, les pièces spacieuses et surtout l'atmosphère familiale des lieux.

— Mais les gens s'attendent à te voir ! protesta Liane. Ils se demanderont pourquoi tu n'es pas venu.

— Laisse-les s'interroger. Après la photo publiée hier soir, ils croiront que nous nous sommes enfuis ensemble.

— Et tu veux vraiment qu'ils pensent ça ?

— Je me moque de ce qu'ils pensent.

Gênée, elle détourna le regard, puis le reporta à nouveau sur lui, le désir enflammant ses sens.

— Et maintenant, que fait-on ?

— Nous savourons cette perspective, murmura-t-il en riant doucement, et nous buvons du champagne.

— Mais il est à peine 10 heures ! s'écria-t-elle, effarée.

— Et alors ? Nous fêtons quelque chose.

— Effectivement, dit-elle, un sourire au coin des lèvres.

Il s'assit en face d'elle et saisit sa main. Elle lui paraissait petite et froide, tandis qu'il la pressait entre les siennes.

— Regrettes-tu ta décision ?

Elle secoua la tête d'un geste presque véhément.

— Non, pas du tout. Je suis juste un peu nerveuse.

— Il ne faut pas.

— Tu dis ça parce que tu as certainement dû inviter à dîner des dizaines de femmes avant de coucher avec elles.

— Tu exagères.

— Oui, mais ce n'est pas nouveau pour toi, contrairement à moi.

— C'est nouveau pour toi ? s'étonna-t-il.

— Oui, entièrement nouveau, dit-elle en riant d'un air gêné. Si tu vois ce que je veux dire.

Alessandro hésita, surpris mais pas choqué par son aveu. Elle approchait de la trentaine et pourtant…

— Es-tu en train de me dire que tu es… vierge, Liane ?

— C'est exactement ça, avoua-t-elle en s'efforçant de parler d'un ton léger. Tu regretteras peut-être ta décision car je serai probablement très maladroite.

— J'en doute fortement.

Non, il ne regrettait rien, songea Alessandro. Il se sentait au contraire très honoré. *Elle l'avait choisi, lui.*

Le steward s'approcha avec une bouteille de champagne qu'il déboucha avant de verser le fin breuvage dans des flûtes. Alessandro le remercia, tandis que Liane le regardait d'un air inquiet.

— Trinquons !

Il lui tendit un verre et l'entrechoqua avec le sien.

— À nous, ajouta-t-il avec un léger sourire.

— À nous, renchérit-elle, et à maintenant.

Était-ce un avertissement pour elle… ou pour lui ? Ou lui faisait-elle savoir qu'elle comprenait les règles du jeu ? Le problème était qu'il commençait lui-même à les oublier. Il but une gorgée de champagne, puis posa sa flûte sur la table, incapable de se retenir de la toucher plus longtemps.

— Viens…, dit-il d'une voix rauque.

La voyant poser à son tour son verre, il tendit la main, la fit se lever et l'attira à lui. Elle entrouvrit les lèvres, et ses prunelles s'assombrirent de désir.

— Tu es si belle !

— Et toi si beau, murmura-t-elle en posant la main sur sa joue. J'ai l'impression de rêver.

Il entoura sa taille svelte de ses mains et l'attira sur ses genoux. Un peu maladroitement, elle le serra dans ses bras.

— Je ne…

— Oh ! mais si, coupa-t-il, avant de l'embrasser.

Elle avait le goût du champagne. Il savait déjà qu'il ne serait jamais rassasié d'elle.

Liane laissa échapper un petit rire d'étonnement lorsqu'il posa ses lèvres sur sa gorge et sa main sur son sein.

— Tu me rends fou de désir depuis que je t'ai marché sur le pied.

Son rire se mua en hoquet de surprise lorsqu'il défit un bouton de son chemisier, révélant son soutien-gorge dont il écarta la dentelle pour goûter sa peau sucrée.

Le regard de Liane était trouble et son visage empourpré, tandis qu'il défaisait un autre bouton et effleurait sa peau soyeuse.

— Alessandro…

— Oh…, souffla-t-elle quand il pressa sa virilité contre elle.

Elle écarquilla les yeux et se lova contre lui en gémissant. Il était à deux doigts de perdre le contrôle, il le savait, et il ne fallait pas que cela se produise ici. Il voulait lui offrir bien plus qu'une rapide étreinte. À contrecœur, il s'écarta.

Elle posa son front sur son épaule.

— J'ai l'impression de me réveiller d'un long sommeil.

Il rit doucement et déposa un baiser sur son épaule nue. Ce soir, il lui donnerait un plaisir sans fin.

On frappa à la porte de la cabine.

— Monsieur Rossi ? dit le steward. Nous approchons de Pérouse.

12.

Liane croyait rêver. À peine sortis de l'avion, ils avaient été happés par la chaleur de l'après-midi, avant de s'engouffrer dans la voiture qui les attendait pour les amener à la villa Rossi, nichée dans les collines verdoyantes.

Une douce sensation prenait vie au plus profond d'elle-même, tandis qu'elle se remémorait la façon dont il l'avait touchée… et dont il la toucherait bientôt de nouveau.

À le voir discuter avec le chauffeur, il ne paraissait pas troublé par ce qui venait de se passer. Malgré tout, Liane nota une légère rougeur sur ses pommettes saillantes et, au souvenir de son corps pressé contre le sien, elle sentit son cœur battre plus vite. Aucun doute, il l'avait bel et bien désirée. Mais le désir était-il suffisant ?

Elle ignora la petite voix intérieure qui la taraudait. Ce serait suffisant, elle y veillerait. Elle avait pris sa décision et savourerait chaque instant de cette parenthèse enchantée.

Ils roulèrent sur des petites routes sinueuses et traversèrent des villages endormis jusqu'à ce qu'ils arrivent enfin devant d'impressionnants piliers en pierre surmontés de lions. La voiture s'engagea dans une allée qui menait à une superbe villa blanchie à la chaux avec une toiture en tuiles rouges, perchée à flanc de coteau et entourée de vignobles et d'oliveraies.

Une femme élégante d'une cinquantaine d'années aux longs cheveux grisonnants les accueillit.

— Alessandro ! Je ne t'attendais pas avant demain.

— Il y a eu un changement.

Alessandro sortit de la voiture, puis tendit la main à Liane, la gardant serrée dans la sienne, tandis qu'il s'approchait de la femme et l'embrassait sur les deux joues.

— *Ciao*, Christina. Où est Sophia ?

— Sur son portable, j'imagine. Elle sera là dans un instant, ajouta-t-elle en regardant Liane avec curiosité.

— Je te présente Liane, répondit Alessandro en l'attirant à lui.

Liane releva la note possessive dans sa voix, et Christina aussi, à en juger par la lueur intéressée dans son regard.

— Je suis heureuse de vous rencontrer, dit-elle au moment même où une jeune fille se jetait dans les bras d'Alessandro.

Liane s'écarta et regarda, stupéfaite, Alessandro embrasser la jolie brune. Voilà quelqu'un qui l'aimait et qui n'avait pas peur de le montrer. Lui aussi devait l'aimer, à en juger par la façon dont il la serrait dans ses bras.

— Entrons, dit Alessandro en saisissant à nouveau sa main.

La villa était un mélange éclectique de meubles anciens et modernes. Christina les fit entrer dans un immense salon dont les portes à claire-voie s'ouvraient sur une cour intérieure avec des orangers et une petite fontaine. Un domestique apporta des cafés glacés et une sélection de pâtisseries italiennes.

— Nous avons découvert votre histoire sur les réseaux sociaux, dit Christina. Tout le monde en parle, se demandant qui est ta princesse, Alessandro… Nous le savons, maintenant.

Liane se sentit obligée d'intervenir.

— Oh ! non. Ça, c'était juste… de la publicité.

— De la publicité ? s'étonna Christina. Ce n'est pourtant pas ton style, Alessandro. Tu détestes la publicité.

Il haussa les épaules et tendit la main vers une pâtisserie.
— La publicité était pour les hôtels. Pas pour moi.
— Cela ne te dérange donc pas de savoir que tout le monde se demande qui est la jeune femme qui a capté ton attention ?
— C'était vous qui avez fui le bal hier soir, n'est-ce pas ? coupa Sophia. J'ai vu la vidéo sur YouTube ce matin !
Elle était sur YouTube ? Le cœur de Liane se serra. Elle ne voulait pas être célèbre et que son histoire d'amour avec Alessandro soit offerte ainsi au public. D'autant qu'il ne s'agissait pas d'une histoire d'amour, mais d'un *arrangement*.
— Nous sommes venus ici pour fuir tout ça, leur dit Alessandro. Nous en avions assez de cette mascarade.
— Nous garderons le secret, alors. Je suis ravie en tout cas que tu m'aies enfin présenté quelqu'un, ajouta Christina en se tournant vers Liane. C'est la première fois, vous savez.
Ne sachant quoi dire, Liane se tourna vers Alessandro qui la regardait d'un air indéchiffrable.
— Je devrais peut-être appeler ma sœur et lui dire où je suis. Est-ce que cela vous dérange si… ?
Christina indiqua l'entrée d'un geste de la main.
— Bien sûr que non. Je vous en prie.
S'excusant, Liane se leva et se dirigea vers l'entrée, ressentant un besoin désespéré de parler à sa sœur.
À sa grande surprise, Ella décrocha à la première sonnerie.
— Liane ? Comment vas-tu ?
— Bien, je crois.
— Tu crois ? Que se passe-t-il avec Alessandro ? Vous ne vous êtes tout de même pas disputés ? J'ai vu la photo de toi fuyant le bal. Je l'ai postée ce matin. Les gens deviennent fous.
— Tu n'as pas fait ça ? s'écria Liane. Est-ce que le monde entier a vu cette satanée photo ?
— À peu près trois cent mille personnes, la dernière fois que j'ai vérifié. Que se passe-t-il ? Où êtes-vous donc ?

— Je… c'est-à-dire, nous… nous avons décidé de ne pas aller à Rome. Je suis en Ombrie, dans la maison d'Alessandro.

— Oh ! je *vois*. Vous prenez du bon temps !

Ella paraissait ravie, et Liane laissa échapper un petit rire.

— Eh bien… j'espère, dit-elle en réprimant la panique qui menaçait de la submerger.

— Ah, Liane, je suis heureuse pour toi. Il est fou de toi, tu sais. Alors profites-en, conseilla Ella. Êtes-vous seuls ?

— Non, l'ex-femme de son père et sa fille, Sophia, sont là. Elle a quatorze ans et adore son frère.

— Je suis sûre qu'elles seront d'accord pour vous accorder un peu d'intimité. En tout cas, Alessandro *t'adore*.

— Tu te trompes, Ella, répondit Liane en baissant la voix pour que personne ne l'entende. Ce n'est pas ce que tu crois.

— Oh ! il lutte probablement contre ses sentiments, et toi aussi, d'ailleurs, mais je sais ce que je vois. Les réseaux sociaux ne mentent pas ! conclut-elle en éclatant de rire.

— Ne sois pas ridicule ! protesta Liane. Bref, je t'appelais pour te dire où j'étais.

— D'accord, même si j'aurais pu le deviner. Ou, du moins, deviner avec qui tu étais. Tiens-moi au courant.

— Tu sembles heureux, Alessandro.

Alessandro dévisagea Christina. Elle avait été l'épouse de son père pendant quelques années avant de le quitter en raison de son infidélité, mais elle s'était montrée pragmatique à propos de sa relation brisée et reconnaissante d'avoir eu une fille. Même si elle avait divorcé depuis plus de dix ans, elle était toujours restée proche de son ex-mari à cause de Sophia.

— Je le suis.

— À cause de Liane ?

Il lui jeta un regard de reproche. En vérité, il se sentait trop heureux pour s'agacer de la curiosité de sa belle-mère.

— Ne t'emballe pas. On se connaît seulement depuis une semaine, après tout.

Même si ses sentiments pour Liane allaient bien au-delà d'une simple attirance physique, il en était conscient.

— Parfois, il n'en faut pas plus. Je suis tombée amoureuse de ton père en une seule nuit.

— Et on connaît la suite…

— Peut-être, mais je l'ai quand même aimé. L'amour ne respecte aucune règle, Alessandro.

— Mais je ne suis pas amoureux de Liane.

— En es-tu sûr ?

— N'insiste pas, Christina, riposta-t-il d'un ton sec.

— Très bien. Cela étant, cela me fait plaisir de te voir heureux avec une femme. C'est Sophia qui fera sonner les cloches du mariage. Elle a hâte d'avoir une nièce ou un neveu.

— Seigneur !

Alessandro frémit, mais de façon plus théâtrale que réelle.

— Je vais aller voir comment est installée Liane.

— Bonne idée ! répondit sa belle-mère en riant.

Arrivé à l'étage, il vit Liane, perchée sur l'appui de fenêtre, et Sophia affalée sur le lit, le menton dans ses mains. Liane avait l'air déroutée, nota Alessandro, et Sophia enthousiaste.

— Vous êtes allés ensemble à quatre bals ?

— Eh bien, pas exactement ensemble…

Liane regarda Alessandro qui pointa le doigt sur sa sœur.

— Laisse-nous, s'il te plaît. Je veux discuter seul avec Liane.

Le visage de Sophia s'éclaira. Elle n'avait pas l'air blessée d'être ainsi mise à la porte,

— Bien sûr ! dit-elle en se levant d'un bond, avant d'hésiter sur le seuil de la pièce.

— *Sophia !*

Éclatant de rire, l'adolescente sortit de la chambre.

— Les jardins sont vraiment superbes, dit Liane en regardant par la fenêtre.

Les mains dans les poches, il s'avança vers elle.

— Il y a même des lilas.

Elle ferma brièvement les yeux.

— Ne fais pas ça, Alessandro.

Surpris par sa réaction, il posa la main sur son épaule.

— Ne fais pas quoi ?

— Ne me taquine pas ainsi. Je sais de quoi il s'agit et je n'ai pas de problème avec ça.

Il la fit doucement pivoter vers lui.

— Et il s'agit de quoi ?

— Une liaison, sans plus. Je veux juste que tu saches que j'en suis pleinement consciente ; tu n'as donc pas à me le rappeler.

Ses propos auraient dû le réconforter, mais il ne ressentit qu'un profond malaise.

— Est-ce censé me rassurer ?

— Bien entendu, dit-elle d'un ton courroucé. Pourquoi cela ne devrait-il pas te rassurer ?

Bonne question. Alessandro continua à la regarder, notant la lueur d'acier dans son regard et son menton dressé. Elle avait pris sa décision et ne regrettait rien. Il devrait être ravi. Il avait tout ce qu'il voulait – une liaison sans lendemain et sans complications.

Alors pourquoi se sentait-il si… vide ?

— Allons voir les jardins ! suggéra-t-il.

— D'accord, répondit-elle en souriant d'un air léger. Laisse-moi juste me changer.

Quinze minutes plus tard, ils déambulaient dans l'immense jardin, devant des fontaines et des cascades miniatures, des clématites et des parterres de lavande aux senteurs entêtantes. Liane était vêtue d'une robe d'été en lin vert pâle, et ses cheveux étaient noués en une longue tresse.

— À qui donc appartient cette villa ? demanda-t-elle en se penchant pour humer le parfum d'une rose.

— À moi. Je l'ai achetée lorsque je travaillais à Rome. Christina et Sophia vivaient à Milan, à ce moment-là. Christina est anglaise, comme tu as dû le deviner, et elle traduisait des manuels italiens tout en élevant seule sa fille. Lorsque son loyer est devenu trop cher, je lui ai proposé de venir vivre ici.

— Trop cher ? s'étonna Liane.

— Mon père a toujours été un panier percé. Mon grand-père le savait et a laissé la majorité de ses actifs en fiducie. Il a assez d'argent pour vivre à Ibiza, mais pas grand-chose à donner à Christina. Je l'ai donc aidée. Sophia est ma demi-sœur, après tout.

— Elle est adorable, mais elle m'a posé une foule de questions.

Alessandro hocha la tête, un sourire aux lèvres. Il avait toujours eu un faible pour sa demi-sœur et voulait qu'elle ait la stabilité et l'amour que lui-même n'avait jamais connus.

— C'est une fille formidable.

— Elle a de la chance de t'avoir.

Ils s'étaient arrêtés devant un bosquet de lilas dont les fleurs mauves tombaient presque jusqu'au sol. Avec un léger sourire, Alessandro coupa une tige et la lui tendit.

— Cette odeur me rappelle tant de souvenirs heureux ! dit Liane en fermant les yeux pour humer la douce senteur. Nous avions un buisson de lilas devant notre maison, à Lyon.

— Cette époque te manque-t-elle ?

— C'est surtout ce qu'elle représente qui me manque. Un foyer heureux. Des parents unis. Mon père ne jouait pas à cette époque, et ma mère n'était pas aussi austère. Nous avions un petit chien, Bijou. La vie paraissait beaucoup plus simple. Mais tout a changé lorsque nous avons déménagé à

Paris, puis à New York. Mon père s'est mis au jeu et il n'a plus jamais été le même. Parfois, je me demande si mes rêves ne sont pas tout simplement une façon pour moi de revivre ce que j'ai perdu. Peut-être est-ce préférable de tout oublier et d'aller de l'avant.

— Ne dis pas ça. Ton rêve se réalisera.

— Peut-être, mais dans le cas contraire ? Ne devrais-je pas au moins accepter cette possibilité ? demanda-t-elle, avant de jeter le brin de lilas dans un petit bassin. N'est-ce pas mieux de profiter de ce que la vie vous offre, plutôt que d'attendre qu'un rêve se réalise ? Voilà pourquoi je suis ici.

— Et j'en suis ravi, assura-t-il, avant de tendre la main et de l'attirer à lui.

— Moi aussi, admit-elle. Vraiment.

Liane noua ses bras autour de lui tandis qu'il déposait un doux baiser sur ses lèvres. Un moment aussi doux que passionné, aussi innocent que sensuel.

Lorsqu'ils s'écartèrent enfin, la vérité se fit jour en lui.

Il s'était toujours juré de ne jamais ressembler à ses parents. Il ne supplierait jamais quiconque de rester ; il ne le voudrait pas, d'ailleurs. Il s'empêcherait de rêver, d'aimer et de souffrir, profitant simplement de la vie comme Liane venait de lui dire… Sauf que cela n'avait jamais été le cas. Pendant tout ce temps, il avait cherché, désiré, espéré. Il s'était senti seul et vide à l'intérieur, jusqu'à l'arrivée de Liane.

13.

Liane contempla les premières étoiles qui brillaient dans le ciel nocturne et frissonna lorsqu'une brise fraîche s'infiltrant à travers les volets ouverts caressa sa peau.

Alessandro et elle avaient passé l'après-midi à se promener dans le jardin, puis à jouer à un jeu de boules sur la pelouse avec Sophia. Ils s'étaient ensuite réunis dans le salon pour l'apéritif, avant le dîner qui avait été à la fois délicieux et très agréable. Liane avait vu combien Alessandro se montrait détendu au milieu des gens qu'il aimait.

Malgré tout, elle avait ressenti une délicieuse tension monter en elle et entre eux. À chaque fois qu'elle croisait le regard d'Alessandro, son corps s'enflammait. Lorsqu'il avait négligemment effleuré ses doigts des siens durant le repas, le désir l'avait terrassée. Elle avait apprécié ce sentiment d'attente, même si elle en avait été terrifiée.

À peine le dessert fini, Christina et Sophie s'étaient excusées. Liane n'avait pas manqué de voir que sa chambre était située dans l'aile des invités. Ella ne s'était pas trompée : ils leur accordaient beaucoup d'intimité.

Liane était retournée dans sa chambre et, après avoir pris une douche, elle s'était sentie gênée en enfilant le moelleux peignoir mis à sa disposition. Presque comme une mariée lors de sa nuit de noces… bien que ce ne soit pas du tout le cas. Elle ne savait même pas si et quand Alessandro viendrait la rejoindre. Après tout, ils n'avaient rien décidé.

Devait-elle aller dans sa chambre ? Ou lui dans la sienne ?

Elle se tenait devant la fenêtre depuis quinze minutes, s'efforçant de ne pas laisser l'angoisse la submerger, lorsqu'on frappa. L'instant d'après, Alessandro entrait dans la pièce et la couvait d'un regard brûlant de désir.

Il portait une chemise blanche dont les premiers boutons ouverts laissaient entrevoir sa peau mate, et un pantalon gris. Il avait l'air si viril que Liane sentit son cœur bondir dans sa poitrine. Elle se sentait soudain presque nue dans son peignoir dont elle resserra aussitôt la ceinture.

— Je ne savais pas si tu allais venir.

Il fit un pas vers elle, un sourire tendre aux lèvres.

— Pourquoi en doutais-tu ?

— Je ne sais pas. Par manque d'expérience, sans doute. Pourtant j'y ai pensé toute la journée.

Il s'avança encore d'un pas, puis d'un autre.

— Moi aussi, dit-il en tirant doucement sur la ceinture de son peignoir. Y a-t-il une raison pour laquelle tu serrais ceci ? Tu n'as pas changé d'avis, au moins ?

— Non, mais je suis un peu nerveuse, et tu portes plus de vêtements que moi en ce moment, expliqua-t-elle.

— Le problème des vêtements peut vite être réglé.

— D'accord, répondit-elle, s'attendant à ce qu'il ôte sa chemise, mais il se contenta de l'observer.

Un frisson de nervosité parcourut son corps. Serait-elle capable de… ? D'une main tremblante, elle défit le premier bouton, puis le deuxième, mais au troisième ses mains s'affermirent et au quatrième elles s'attardèrent. Sa peau avait la douceur du satin, les muscles sur sa poitrine et son abdomen se tendaient sous ses caresses. Elle sentit une passion brûlante exploser en elle tandis qu'elle défaisait le dernier bouton et faisait glisser sa chemise sur ses épaules.

Lâchant un juron, il captura ses doigts entre les siens.

— Laisse-moi te regarder.

D'un geste ample, il défit sa ceinture, et les lourds pans

s'ouvrirent. Liane s'efforça de ne pas frissonner quand il tendit la main et captura son sein dans sa paume chaude, la faisant tressaillir.

— Tu es parfaite, dit-il. Absolument parfaite.

Et étonnamment, elle se *sentait* parfaite à ses yeux. Elle se sentait enfin acceptée et aimée… oui, aimée.

Sa timidité s'envola lorsqu'il fit glisser le peignoir sur ses épaules, qui tomba au sol en un doux bruissement. Il s'avança vers elle, et ses seins effleurèrent son torse, la faisant frissonner. Lorsqu'il l'embrassa d'un baiser lent et profond qui sonda le fond de son âme, elle sentit son esprit s'embrumer, et sa nervosité disparut sous le regard brûlant d'Alessandro.

Elle saisit avec audace la boucle de sa ceinture, certaine désormais de son besoin comme du sien. Ses doigts ne tremblèrent pas lorsqu'elle la défit, ainsi que les boutons de son pantalon. De sa paume, elle effleura son sexe et le sentit se tendre contre la pression de sa main. Elle ne détourna pas le regard quand, après avoir pris une grande inspiration, elle fit glisser le pantalon sur ses jambes musclées.

— Et le reste ? murmura-t-il.

Elle ôta son caleçon, s'émerveillant devant son corps magnifique, nu et prêt pour elle. L'instant d'après, ils se jetaient l'un sur l'autre. D'un geste puissant, Alessandro la souleva dans ses bras et la déposa sur le lit comme si elle était un trésor, une perle précieuse.

Elle le dévisagea, le regard empli de confiance, et son corps s'ouvrit à lui, savourant le désir qu'elle lisait dans ses yeux. Elle était exposée à sa vue, vulnérable, et pourtant elle n'était pas effrayée et n'avait pas honte.

Puis il s'allongea à côté d'elle et d'une main il effleura lentement toute la longueur de son corps, de sa cheville à sa taille, et remonta jusqu'à ses seins. Une nouvelle contrée, explorée d'abord par ses doigts puis par sa bouche jusqu'à ce que Liane gémisse sous ses caresses expertes.

S'était-il déjà senti aussi bien ? Alessandro savait que non. Les relations purement physiques qu'il avait eues dans le passé n'avaient rien en commun avec ce qui l'unissait à Liane. Il les avait oubliées l'instant d'après, alors que le corps de Liane, ses yeux, sa peau, resteraient gravés dans sa mémoire pour toujours. Allongée sous lui, le regard embrumé, elle le dévisageait avec émerveillement. Un cri lui échappa lorsque ses lèvres descendirent plus bas, pour lui prodiguer la plus intime des caresses.

— Alessandro…

Il adorait la manière dont elle prononçait son prénom ! Le désir dans sa voix, les pulsations de son corps… Avait-il jamais connu quelque chose de plus doux ? Elle s'arc-bouta contre lui, tandis qu'il la goûtait, lui arrachant des cris de plaisir.

— Viens… Je te veux en moi.

Sans plus attendre, il la pénétra et poussa un cri lorsqu'il sentit sa douce moiteur l'envelopper.

— Oh…

Elle le serra plus fort encore dans ses bras, tandis qu'ils ondulaient tous deux en une danse sublime venue du fond des âges.

Le plaisir se mit à chanter dans leurs veines, les unissant dans sa joyeuse mélodie pour les mener de plus en plus haut, chaque note plus belle que la précédente…

Soudain, ils furent aspirés dans un tourbillon de sensations et atteignirent ensemble le sommet du plaisir. Leurs corps tremblaient encore lorsqu'il l'enlaça et roula sur le côté, l'entraînant avec lui. Il ne voulait plus jamais la laisser partir. Jamais.

Il se sentait à la fois brisé et transformé, comme si cette rupture lui avait permis de découvrir une autre réalité, comme si son monde avait vacillé sur son socle, avant de se stabiliser, lui laissant voir les choses beaucoup plus clairement. Un profond bonheur l'envahit. Était-ce là ce dont il avait eu peur et qu'il avait fui depuis si longtemps ? Le sexe avait toujours été pour lui un agréable passe-temps, mais ce qu'il venait de vivre était bien plus que cela. Au lieu de se servir, il avait donné. Cette découverte l'émerveillait et l'horrifiait tout à la fois.

Liane pressa son front moite contre son épaule, puis se leva sans un mot et disparut dans la salle de bains. Alessandro ressentit aussitôt le vide de son absence. Il aurait pu rester allongé là pour toujours, comblé et somnolent, mais c'était peut-être mieux ainsi. Il était préférable de revenir aux termes de leur accord et de cesser de se poser des questions !

Cinq minutes plus tard, elle revint et enfila son peignoir.

— Que fait-on maintenant ? demanda-t-elle avec un sourire. Je ne connais pas les règles. Est-ce qu'on s'assoit pour discuter ou retournes-tu dans ta chambre ?

Il faillit sourire, mais se retint. Il ne connaissait pas non plus les règles, ou ne les connaissait plus. Mais il savait ce qu'il voulait : Liane dans son lit pour le reste de la nuit.

— Enlève cette ridicule robe de chambre et reviens ici ! intima Alessandro. Nous y resterons jusqu'à demain matin.

Là-dessus, il tendit les bras et elle le rejoignit. Dans un éclat de rire, il la fit rouler sous lui.

— Je pensais…

Il la fit taire d'un baiser.

— Ne pense à rien, marmonna-t-il. Ne pense à rien du tout.

Il se refusait de penser à ce qu'il ressentait en ce moment. Il s'inquiéterait plus tard. Tout ce qu'il voulait, maintenant, c'était la joie d'avoir Liane dans ses bras, offerte. Encore et toujours…

14.

La semaine suivante se déroula dans un heureux brouillard. Une fois de plus, Liane se demandait si elle ne rêvait pas.

Ils passaient leurs journées à lézarder dans le jardin, à se promener dans les collines ou dans les villes baignées de soleil, à jouer aux boules ou aux cartes, ou à plonger dans la piscine. Sophia les accompagnait souvent, et une amitié naissait entre elle et Liane. Christina travaillait pendant la journée, mais elle les rejoignait pour le dîner, et les soirées étaient emplies de rires et de longues conversations, parfois jusque tard dans la nuit.

— Sophia est ravie d'avoir Alessandro à la maison pour si longtemps, dit-elle à Liane un soir. Il ne reste jamais plus de quelques jours, d'habitude, et cela fait déjà une bonne semaine.

— Déjà ? s'étonna Liane.

Elle avait l'impression que les jours avaient filé, chacun plus précieux que le précédent, car qui savait quand cette parenthèse se terminerait ? Elle avait décidé d'en apprécier chaque instant sans se préoccuper de l'avenir. Et c'était ce qu'elle faisait, car non seulement les journées étaient bien remplies, mais les nuits étaient magiques… Nuit après nuit, Alessandro et elle atteignaient des sommets de passion et d'intimité, leurs deux corps enlacés et leurs cœurs battant à l'unisson.

Pouvait-on *faire* ces choses-là plus d'une fois sans

tomber amoureux ? s'était souvent demandé Liane. En effet, chaque jour qui passait renforçait son amour pour Alessandro. C'était merveilleux de se blottir dans ses bras et d'écouter les battements de son cœur, de se retourner et de voir le sourire jouer sur ses lèvres lorsqu'il l'attirait à lui pour l'embrasser. C'était merveilleux de se sentir si étroitement liée à quelqu'un, si aimée…

Y avait-il quelque chose de mieux, de plus féerique, que de tomber amoureux ? Eh bien oui ! décida Liane. C'était de savoir qu'on était aimée en retour. Parfois, lorsqu'elle surprenait Alessandro en train de la regarder, ou lorsqu'il la tenait dans ses bras et lui caressait les cheveux après lui avoir fait l'amour, elle pouvait presque se convaincre qu'il l'aimait.

Puis elle le voyait pensif, une ombre traversant son visage. Il devenait alors distant, et c'était comme si le soleil disparaissait derrière les nuages. Leur trêve avait duré plus longtemps que prévu, elle le savait, et elle ne devrait pas se montrer surprise s'il décidait qu'il était temps de passer à autre chose. Dans ces moments-là, elle savait qu'elle ne pouvait pas vivre dans l'incertitude. Elle ne cherchait pas à se mettre en avant, mais elle ne voulait pas davantage rester en retrait. S'il ne l'aimait pas, mieux valait rompre.

Et pourtant… ils ne se connaissaient que depuis quelques semaines. Ne pouvait-elle pas lui donner le temps de développer les sentiments qu'elle éprouvait déjà ? Si seulement il voulait *essayer*…

Mais il n'en parlait jamais.

Dix jours après le début de leur liaison, il s'enferma dans son bureau pour la majeure partie de l'après-midi, et Liane se demanda si elle devait faire ses valises. Elle détestait l'idée de quitter cet endroit merveilleux qui lui avait apporté tant de joie. Mais peut-être était-ce mieux de partir avant d'être jetée dehors – même si cette idée lui répugnait ?

À ce moment-là, son téléphone vibra. C'était Ella.

— Cela fait déjà dix jours que vous êtes partis, dit sa sœur en manière de préambule. Êtes-vous déjà fiancés ou pas ?

— Ella ! Ne dis pas des choses pareilles. En fait, je me demandais s'il n'était pas temps que je rentre à la maison.

— Quoi ? s'écria Ella, l'air choqué. Pourquoi ?

— Pour éviter de souffrir, répondit-elle, même s'il était trop tard pour ça. Alessandro m'a prévenue que notre liaison se terminerait quand il le déciderait, et j'aime à croire que j'ai assez d'amour-propre pour le quitter avant qu'il me dise de partir.

— Il ne le fera pas, insista Ella. Il t'aime.

— On se connaît seulement depuis deux semaines, Ella, et je ne suis pas sûre qu'Alessandro sache ce qu'est l'amour ou qu'il veuille le savoir. Il m'a affirmé que cela ne l'intéressait pas.

— Peut-être, mais il a besoin qu'on le lui montre.

— Et tu crois que je devrais le faire ?

Cette pensée la terrifiait. Si elle lui disait qu'elle l'aimait et qu'il la rejetait, et c'était sûrement ce qu'il ferait…

— Je ne suis pas sûre d'en être capable.

— C'est peut-être encore un peu tôt, répondit Ella, songeuse. Il doit s'en rendre compte par lui-même.

— Comment ? s'écria Liane.

— Je sais ! dit soudain Ella, l'air sûr d'elle.

— Ah bon ? Ella, n'essaye même pas de…

— Que pourrais-je faire de là où je suis ?

— Je ne sais pas, mais…

— Parfois, l'amour a besoin d'un petit coup de pouce.

Là-dessus, Ella raccrocha, laissant Liane à la fois furieuse et inquiète. Qu'allait faire Ella ? Son ingérence, même si elle partait d'une bonne intention, changerait-elle les sentiments d'Alessandro ?

Liane tourna son regard vers le jardin, doré d'une douce teinte dans la lumière du soir, et huma la fragrance du lilas.

Les fleurs qu'elle aimait tant commençaient à se flétrir, libérant leurs derniers effluves comme l'été arrivait, avec sa chaleur implacable et son ciel bleu infini.

La vie était peut-être ainsi, chaque saison laissant place à la suivante ? Alessandro et elle avaient vécu quelque chose de merveilleux, mais ce n'était pas autre chose qu'un simple moment.

Lorsqu'il entendit un coup frappé à la porte, Alessandro leva la tête en soupirant. Il venait de passer les huit dernières heures à tenter d'étouffer une affaire qui avait pris de l'ampleur alors qu'il se reposait dans sa villa. Un de leurs investisseurs dont ils géraient les fonds avait été pris la main dans le sac, les spoliant de plusieurs millions d'euros, et certains essayaient d'impliquer les entreprises Rossi dans le scandale.

« Vous connaissez l'adage selon lequel il n'est jamais mauvais d'avoir de la publicité ? » lui avait demandé un de ses directeurs. « Eh bien, dans ce cas précis, c'est faux. »

Effectivement. Alessandro n'avait pas prêté attention aux médias ces dix derniers jours, mais il voyait maintenant que le scandale financier était à la une de tous les journaux, et quelqu'un avait même eu la brillante idée de lier cet événement à ses apparitions aux bals des Rossi :

Le prince est-il trop occupé à courtiser sa princesse pour s'occuper de ses affaires ?

Pour l'amour du ciel ! Autrefois, ce genre d'articles ne lui auraient fait ni chaud ni froid car ils ne contenaient pas une once de vérité. Maintenant, il se posait la question. Pourquoi s'était-il laissé autant distraire ? Il ne s'était jamais absenté du bureau si longtemps, n'avait jamais passé des jours à ignorer le monde autour de lui à cause d'une femme. Que lui arrivait-il ?

Était-ce de l'amour ou un engouement passager ? Comment le savoir ? Comment pouvait-il se faire confiance, sans parler de Liane ? *Et le voulait-il seulement ?*

— Alessandro ?

Il se redressa en entendant la voix de Liane.

— Entre…

Elle ouvrit la porte, mais demeura sur le seuil.

— Tu travaillais ?

— Oui. Je suis désolé de n'avoir pas pu être disponible.

— Je comprends…

Elle paraissait si triste qu'Alessandro ressentit à la fois du remords et de l'agacement. Il ne voulait pas se soucier autant d'elle… et pourtant c'était le cas.

Le visage empourpré, elle lâcha :

— Je voulais juste… Je sais que tu es occupé et que tu dois sans doute retourner à Rome ou à New York, mais je voulais te dire que j'ai vraiment…

Le bip d'un message entrant la fit hésiter. Le regard d'Alessandro se tourna vers son téléphone qui s'allumait sous les messages incessants. Il fit glisser son doigt sur l'écran. L'instant d'après, il blêmit.

— Alessandro… Que se passe-t-il ?

Le secret est dévoilé… Le prince de Manhattan est follement amoureux !

Il leva les yeux sur Liane. Le visage livide, elle le regardait en se mordant les lèvres.

— C'est toi qui as fait ça ?

— Fait quoi ? répondit-elle en fixant nerveusement le portable qu'il tenait encore à la main.

— Dévoilé au public notre… *arrangement*, siffla-t-il entre ses dents. Espérais-tu ainsi me forcer la main ?

— De quoi parles-tu ?

— Tu le sais parfaitement, non ?

Elle avait dû conspirer avec Ella depuis le début ! Cette pensée le rendait fou.

— Ella a-t-elle publié quelque chose ?

Il se souvint de la fameuse soirée où il l'avait rencontrée. Elle avait reconnu la pantoufle, il l'avait vu dans son regard. Elle avait su ce qui se manigançait à ce moment-là, et le savait maintenant. Le temps passé ensemble n'avait-il été qu'une comédie ? Non, sûrement pas. Et pourtant…

— Elle l'a publié, mais c'est toi qui as fourni les photos.

— De quelles photos parles-tu ? Je n'ai rien vu…

— Jette un coup d'œil sur ton portable, alors ! gronda-t-il. Tu pourras ensuite quitter cette maison.

Il ne pensait pas ce qu'il disait. Il était certes en colère, mais il était surtout blessé, dévasté par sa trahison.

Les yeux écarquillés, Liane le dévisagea longuement. L'espace d'un instant, il crut même qu'elle allait tourner les talons sans un mot, avouant ainsi sa culpabilité. Mais elle se redressa, les yeux étincelants.

— C'est donc terminé ? dit-elle d'une voix posée mais glaciale. Tu es juge et partie, et c'est toi qui décides quand notre liaison se termine ?

— J'ai décidé cela à cause de ce que tu as fait !

— Je ne sais même pas ce que je suis censée avoir fait, mais peu importe. Ella a publié un post qui te déplaît. Je comprends, comme je comprends qu'il est plus facile pour toi d'être en colère que blessé, n'est-ce pas, Alessandro ? Cela te donne ainsi une bonne raison de fuir, dit-elle en avançant vers lui, le menton belliqueux. J'étais venue te dire que je t'aimais, du moins que je pouvais t'aimer si nous avions plus de temps et qu'on s'accordait cette chance. Même si j'étais terrifiée, j'aurais pris ce risque car je pensais que cela en valait la peine. Quelle idiote j'ai été !

Alessandro ouvrit la bouche, mais aucun son n'en sortit.

— Alors qui a pris ces photos, Liane ?

Mais ces mots à peine prononcés, il réalisa que la question qu'il avait voulu lui poser était : « M'aimes-tu vraiment ? »

— Je n'ai même pas vu ces clichés, répondit-elle, abattue, donc je ne saurais te le dire. Mais cela n'a pas vraiment d'importance, n'est-ce pas ? Le fait que tu en conclues que c'est moi qui les ai prises, puis que tu me demandes de partir… cela en dit long, non ?

Elle prit une profonde inspiration.

— Merci pour ces dernières semaines, dit-elle en se redressant. Je vais faire mes bagages.

Sans un mot, il la regarda sortir de la pièce, le dos droit et fier.

15.

Liane se jeta sur son lit et laissa les larmes ruisseler sur ses joues. Comme elle avait été stupide ! Elle savait depuis le début qu'il ne l'aimerait jamais. Mais *l'accuser* d'avoir pris ces photos… C'était un prétexte pour la quitter, cela ne pouvait pas être autre chose. Ou alors il ne la connaissait pas du tout et l'aimait encore moins…

Liane se leva et se dirigea vers la penderie d'où elle sortit sa valise. Elle appellerait un taxi et partirait tout de suite. La simple idée de le revoir l'insupportait. Ce regard de dédain sur son visage…

Son portable vibra. Elle fit défiler les clichés, environ une douzaine, postées par Ella. Toutes racontaient une histoire. *Révélaient-elles la vérité* ?

Sûrement pas ! La vérité, c'était la colère d'Alessandro lorsqu'il lui avait dit que tout était fini entre eux. Et pourtant… c'était bien une histoire d'amour qu'Ella avait voulu relater à travers ces photos – Alessandro la couvant du regard à travers la salle de bal ou dansant avec elle en la regardant tendrement.

Un petit cri lui échappa en voyant un cliché pris ici même, à la villa, et les montrant en train de s'embrasser. Qui avait pris cette photo ? Elle en découvrit une autre où ils se tenaient main dans la main dans une oliveraie, sur fond de soleil couchant. Toutes révélaient un homme – et une femme – amoureux…

Voilà donc ce qu'avait voulu dire Ella en parlant de donner un coup de pouce ! Mais comment avait-elle obtenu ces photos ? Soudain, elle comprit. Sophia, bien sûr ! Ella avait dû la contacter par le biais des réseaux sociaux et lui demander de l'aide.

Poussant un nouveau soupir, elle reposa son téléphone. Elle comprenait mieux la réaction d'Alessandro, maintenant qu'elle avait vu les clichés. Cela avait dû être humiliant pour lui de voir ses sentiments ainsi dévoilés, d'autant plus que les photos avaient été prises dans un lieu privé où il s'était cru en sécurité. Se voir ainsi instrumentalisé, comme il l'avait été enfant, était pour lui la preuve que les contes de fées n'existaient pas.

Et il avait *raison*. En effet, même si ces images étaient fascinantes, elles ne reflétaient pas la réalité. Elle lui avait dit qu'elle l'aimait mais, comme il avait affirmé ne pas partager ses sentiments, il ne lui restait plus qu'à s'en aller.

Ce qu'elle fit, aussi discrètement que possible. Après avoir fait sa valise, elle appela un taxi, écrivit un mot de remerciement à Christina et à Sophia pour leur accueil, puis se glissa hors de la villa sans que personne ne la remarque.

Une demi-heure plus tard, elle était à Pérouse où elle prit l'avion pour Milan. Elle passa la nuit dans un hôtel. Le lendemain, elle prit un vol pour New York, le tout dans un état presque comateux.

Une fois chez elle, elle éteignit son portable, incapable d'affronter la frénésie médiatique causée par les posts d'Ella. Elle voulait juste retrouver sa vie d'avant. Le monde virtuel l'oublierait très vite, elle le savait. Comme Alessandro…

Quand la porte d'entrée de la maison s'ouvrit, elle leva les yeux, s'attendant à voir le visage austère de sa mère. Stupéfaite, elle lâcha la poignée de sa valise.

— *Alessandro…*

Il fallut environ quinze minutes à Alessandro pour se rendre compte à quel point il avait été stupide. Il avait regardé chacune des photos, d'abord choqué, puis honteux. Il détestait être ainsi exposé à la vue de tous et il détestait encore plus l'idée que Liane l'avait peut-être piégé avec l'aide d'Ella.

Il était resté sans bouger dans son fauteuil pendant près d'une heure avant de réaliser que Liane n'avait certainement pas pris ces clichés délibérément. Elle ne savait sans doute même pas qu'ils avaient été pris. Il l'avait accusée par colère et par peur, ne voulant pas accepter la criante vérité. Il était amoureux d'elle, même si son premier réflexe avait été comme toujours de refuser de voir la vérité. Lorsque Sophia était venue lui confier que Liane était partie et que tout était sa faute, Alessandro avait reconstitué toute l'histoire.

— Mais elle est partie maintenant et c'est entièrement ma faute. Je ne pensais pas que cela l'affecterait autant…

— Ce n'est pas ta faute, Sophia *cara*, dit Alessandro, mais la mienne.

C'était lui l'idiot qui n'avait pas le courage de regarder l'amour en face ! L'amour n'était pas aveugle, contrairement à lui. Et lorsqu'il avait enfin compris la vérité, Liane était déjà partie. Sans plus réfléchir, Alessandro avait alors fait sa valise, filé à l'aéroport et embarqué dans son jet privé.

— Que fais-tu ici ? s'étonna Liane, blême. Et comment as-tu fait pour arriver ici avant moi ?

— Jet privé, souviens-toi, répondit-il en souriant.

Il sentit son cœur se serrer en voyant ses traits tirés et son air triste.

— Je suis désolée pour les photos, balbutia Liane. Ella m'avait bien dit qu'elle ferait quelque chose, mais je ne savais pas quoi. J'aurais pu deviner, c'est vrai, mais je n'ai jamais pensé qu'elle impliquerait Sophia dans ses projets…

— Je me moque des photos. En fait, non, corrigea-t-il. Ces photos m'ont ouvert les yeux. Elles m'ont permis de réaliser des choses que je refusais de voir car j'avais peur. J'étais même terrifié.

— Terrifié ? répéta-t-elle, une lueur d'espoir dans le regard.

— Oui, j'avais peur de t'aimer. Ce n'est qu'en voyant ces clichés que j'ai compris. Je ne pouvais plus nier la vérité, même si j'ai essayé. Je suis désolé de t'avoir accusée, Liane, de t'avoir blessée. J'ai agi ainsi par peur d'être blessé, mais ce n'est pas une excuse. Tu me pardonnes ?

Il saisit sa main et noua ses doigts aux siens.

— Oh ! Alessandro, répondit-elle, les larmes aux yeux.

— Je t'aime, Liane.

Au lieu de se sentir faible comme il l'avait toujours cru, dire ces mots à voix haute le faisait se sentir fort. Puissant.

— Tu m'as fait croire aux contes de fées. Nous pouvons vivre ce conte de fées ensemble. En tout cas, essayer… pas pour une absurde campagne de publicité, ni pour les réseaux sociaux, mais pour nous.

— Je n'arrive pas à croire…

— Moi non plus, et je ne le voulais pas. Pour moi, l'amour était synonyme de souffrance. Je me suis juré de ne plus jamais laisser personne se servir de moi, mais depuis que je t'ai rencontrée j'ai pris conscience du vide qu'était ma vie…

Un rire nerveux échappa à Liane.

— C'est sûr, mais… je n'ai pas besoin de vivre un conte de fées, Alessandro. Je veux juste une vraie vie avec toi. J'ai attendu trop longtemps que le prince charmant vienne m'enlever sur son fier destrier…

— En attendant, il t'a marché sur les pieds !

Elle éclata d'un rire joyeux.

— Et m'a charmée par la même occasion. Je n'arrive toujours pas à croire que tu es là et que tu me dises ces choses, Alessandro, mon amour…

— Je suis là, ma *bella* Liane, répondit-il en la prenant

dans ses bras. Je t'aime et t'aimerai toujours… si tu veux de moi.

— Oh ! oui, assura-t-elle.

Et enfin, il l'embrassa.

Épilogue

Trois ans plus tard

La villa fourmillait de stylistes, de mannequins et de photographes, tous déterminés à créer l'ambiance parfaite pour la nouvelle ligne de vêtements d'Ella Ash, Cinders. Après s'être lassée d'être influenceuse, Ella avait décidé de créer sa propre collection. Elle était vue comme une jeune styliste prometteuse par de nombreux magazines de mode et, lorsqu'elle avait demandé à sa sœur si sa première séance photo pourrait avoir lieu à la villa en Ombrie, Liane en avait parlé à Alessandro, qui avait ri.

— Nous devons accepter, n'est-ce pas ?

— Comme c'est elle qui nous a rapprochés, répondit Liane, les yeux pétillants, nous n'avons pas le choix.

— Du moment que cela ne monte pas à la tête d'Emilia…

— Emilia a deux ans, lui rappela-t-elle. Elle est un peu jeune pour être influencée par la mode et la célébrité, même si elle aime tout ce qui brille.

— Comme sa mère, alors, avec ses ridicules chaussures !

Là-dessus, Alessandro glissa un bras autour de la taille de Liane, qui se hissa sur la pointe des pieds pour savourer le genre de baiser dont elle ne se lassait jamais. Ces trois dernières années avaient été les plus belles de sa vie. Ils avaient partagé leur temps entre Paris, Rome et leur villa en Ombrie, avant de s'y installer complètement à la naissance d'Emilia. Liane s'essayait à une nouvelle traduction des poèmes de Victor Hugo, tout en s'occupant de sa fille – et maintenant un autre bébé était en route.

Liane jeta un coup d'œil par la fenêtre sur les assistants et les stylistes qui couraient ici et là. Ils avaient mis les chiens dans la cuisine – ils en avaient deux –, ainsi que leur chatte, qui venait d'avoir des chatons. À chacun de leurs anniversaires de mariage, Alessandro avait planté un lilas, jusqu'à ce que Liane lui dise en riant qu'à ce rythme ils seraient bientôt envahis, même si cela ne la dérangeait pas. Elle avait tout ce dont elle avait rêvé et vivait un véritable conte de fées.

Ils avaient certes eu à affronter des difficultés, songea-t-elle en voyant Emilia courir vers eux et Alessandro la hisser sur ses épaules. Apprendre à se connaître et à s'aimer n'avait pas été de tout repos, mais ils avaient surmonté ces épreuves ensemble. Le conte de fées n'en était pas un. La vie à deux était à la fois difficile et merveilleuse.

— Hé, s'écria Ella en arrivant à leur hauteur, portable à la main. Nous sommes presque prêts, et vous avez l'air parfaits…

Liane jeta en regard en coin à Alessandro, qui grimaçait gentiment en chatouillant Emilia pour la faire rire. Souriant, Ella leva son portable.

— Maintenant, souriez !

Vous aimez les contes passionnés ?
Retrouvez en numérique :

1. *L'enfant d'un ténébreux milliardaire*, Heidi Rice
2. *Un fantasme pour patron*, Lucy King
3. *Baiser à un Grec*, Abby Green
4. *Le scandale de minuit*, Kate Hewitt

Et ne manquez pas le roman de Chantelle Shaw
dès le mois prochain dans votre collection Azur !

Retrouvez prochainement,
dans votre collection

AZUR

Les mariés de Dubaï, de Louise Fuller - N°4609

Délaissée par Omar al-Majid, l'homme qu'elle a épousé trop vite, Delphi se résout à le quitter. Son mari ne vit que pour son travail – son empire ! – or elle finira le cœur brisé si elle prolonge leur mariage. À sa grande surprise, pourtant, Omar vient la retrouver pour exiger qu'elle rentre avec lui à Dubaï. Troublée par l'intérêt qu'il lui porte soudain, Delphi accepte de le suivre, non pas pour succomber de nouveau à son charme mais plutôt pour lui prouver que leur union n'est qu'un mirage…

La vengeance de Vidal Suarez, d'Abby Green - N°4610

Enfin ! Vidal Suarez tient sa vengeance ! Voilà des années qu'il attend le moment où il pourra se confronter aux Flores, ces odieux aristocrates qui ont brisé son père et fait de sa propre enfance un enfer. Parce que Eva, leur héritière, cherche désespérément à vendre le *castillo* familial, il a l'occasion de lui imposer sa volonté en lui rachetant son domaine. Bientôt, la belle Espagnole qui ne voyait en lui qu'un méprisable jardinier goûtera à la toute-puissance du milliardaire qu'il est devenu…

Le vœu d'un cheikh, d'Annie West - N°4611

Rosanna n'a pas l'habitude d'embrasser de parfaits inconnus… Raison pour laquelle elle ne parvient pas à oublier l'homme qui, l'espace d'un instant, lui a fait perdre la raison. Dans les bras de Salim, elle s'est sentie plus vivante que jamais, vibrante de désir – avant qu'il disparaisse dans la nuit. Or voilà qu'il se présente bientôt dans son agence matrimoniale. L'homme qui hante ses pensées n'est autre que le cheikh de Dhalkur et il attend de Rosanna qu'elle lui trouve une épouse !

La maîtresse d'un patron, de Cathy Williams - N°4612

Secrétaire consciencieuse, Grace n'a ni le temps ni le droit de fantasmer sur son patron, Nico Doukas, même s'il est l'homme le plus attirant de la Terre ! Pourtant, à la faveur d'un séjour en Grèce, leur relation professionnelle vire brutalement en liaison torride… Bouleversée par les sensations qui l'assaillent, Grace l'est davantage encore de se découvrir *amoureuse* de Nico. Saura-t-elle reprendre la place qui est la sienne quand tous deux seront de retour au bureau et oublier cet interlude délicieux au côté de celui qui fait battre son cœur ?

Entre devoir et passion,
de Julieanne Howells - N°4613

Le prince Léopold von Frohburg n'est pas du genre à s'embarrasser de sentiments. Depuis toujours, c'est le devoir qui régente sa vie. Aussi est-il fort contrarié que sa promise, la princesse Violetta, ait osé lui faire faux bond le jour de leurs noces, sous prétexte qu'ils ne s'aimeront jamais. Pas question de laisser la jeune femme saboter la réunification de leurs deux pays. Quand il l'aura retrouvée, Léo exigera de Violetta qu'elle l'épouse et assume ses responsabilités en lui donnant un héritier !

Amoureuse du milliardaire,
de Rachael Stewart - N°4614

Bree a abandonné son existence citadine pour soigner son cœur brisé dans un petit village. Alors qu'elle se croit à l'abri de toute romance, voilà que débarque dans sa pâtisserie Theo Dubois, un milliardaire bien connu de la région dont il est originaire. À peine croise-t-elle son regard qu'elle voit tous ses sens bouleversés, comme si elle revenait à la vie. Une émotion qui ne fait que grandir le jour où Theo lui propose de l'accompagner à Paris…

La beauté des mers, de Chantelle Shaw - N°4615

Alors que son navire sombre dans une mer déchaînée, le prince Eirik croit sa dernière heure arrivée. Mais une jeune femme aux airs de sirène le sauve des eaux pour le conduire jusqu'au rivage… avant de disparaître. Incapable de l'oublier, il se met à sa recherche. Sitôt qu'il retrouve Arielle, Eirik lui propose de l'accompagner au Fjernland, son royaume, où il prendra soin d'elle. Ce qu'il ignore encore, c'est que la belle a un secret qui pourrait bien, s'il était révélé, les entraîner tous deux dans un retentissant scandale…

Tentée de le séduire, d'Emmy Grayson - N°4616

SÉRIE : *LES FRÈRES CABRERA* - 1/3

Everleigh se consacre corps et âme au vignoble familial. Aussi est-elle furieuse d'apprendre que son père compte le vendre à Adrian Cabrera. Résolue à affronter cet homme d'affaires sans scrupule pour protéger son héritage, elle provoque une rencontre avec lui lors d'une luxueuse réception. Mais face à Adrian, Everleigh, d'habitude si combative, se sent brusquement vulnérable, tandis qu'elle est gagnée par une passion dévorante pour son ennemi. Au point d'être tentée de le séduire ?

Minuit à Venise, de Clare Connelly - N°4617

SÉRIE : *RELATIONS PRIVÉES* - 2/3

Lorsque Ares Lykaios lui a demandé d'être sa cavalière le temps d'un bal, Bea aurait dû refuser, ne serait-ce que pour remettre à sa place l'arrogant magnat grec. Mais comment aurait-elle pu s'opposer à cet homme qui, en plus d'être outrageusement séduisant, est aussi le plus gros client de son agence de relations publiques ? Maintenant qu'elle danse avec lui, sous les lustres d'une soirée enivrante, Bea sent ses défenses se briser en même temps qu'elle succombe au plaisir d'un baiser inattendu. Une passion nouvelle qu'Ares lui propose d'explorer en l'accompagnant à Venise…

Un désir royal, de Jennifer Faye - N°4618

Indigo déteste la famille royale de Rydiania, qui autrefois a froidement chassé ses fidèles et loyaux sujets au nom de la Couronne. Bannie du royaume alors qu'elle n'était qu'une enfant, elle a connu l'exil et la peur. Aujourd'hui qu'elle doit peindre le portrait officiel du prince Istvan, elle a toutes les peines du monde à lui cacher la haine qu'elle lui voue. Hélas, chaque coup de pinceau lui révèle d'autres émotions à l'égard de l'héritier honni. Cet homme qu'elle devrait mépriser pour ce qu'il incarne est l'objet de tous ses désirs…

Liaison en Grèce, de Bella Frances - N°4619

Coral n'en croit pas sa chance ! Non seulement elle vient d'être embauchée comme photographe pour un célèbre magazine, mais elle va faire son premier reportage sur Hydros, une fabuleuse île grecque. Sur place, alors qu'elle s'émerveille de la splendeur des lieux, elle rencontre Raffaele Rossini, son patron. Doté d'une aura sensuelle, celui-ci la trouble immédiatement. Or, si Coral s'efforce de rester professionnelle, l'attirance qu'elle ressent pour Raffaele devient vite incontrôlable, quand celui-ci projette de la mettre dans son lit…